쓰면서 익히는 四字小學

초 판 발 행 | 1996. 3. 5
개정판 6쇄 | 2025. 05. 10.
편 저 자 | (사)한자교육진흥회 연구부
감 수 | (사)한자교육진흥회
펴 낸 곳 | (주)형민사
인터넷구매 | www.hanja114.com
구 입 문 의 | TEL.02-736-7694, FAX.02-736-7692
주 소 | ㉾04551 서울특별시 중구 수표로 45 B1 101호 (저동2가, 비즈센터)
등 록 번 호 | 제2016-000003호
정 가 | 12,000원
I S B N | 978-89-91325-65-4 13710

인성교육의 길잡이

쓰면서 익히는

四字小學

감수 사단법인 한자교육진흥회　　　　　　형 민 사

머리말

어린이들의 초학 교재였던 『사자소학(四字小學)』은 중국 송(宋)나라 유학자 주희(朱熹)가 지은 『소학(小學)』을 바탕으로 하여 여러 경전의 명구(名句)를 발췌하여 엮은 책이다.

따라서 그 내용과 순서는 편집자·지방·학파에 따라 다를 수 있다. 이 책은 효행편(孝行篇), 학문편(學問篇), 인성·도리편(人性·道理篇), 형제우애편(兄弟友愛篇), 부도편(婦道篇), 수신·처세편(修身·處世篇), 치국·위민편(治國·爲民篇) 등 총 7篇 240句節 960字로 구성되었다. 한자 낱자의 뜻과 음을 익히고 구절에 담긴 뜻을 새긴 후 필순에 따라 한자를 써보도록 하였다.

각 편은 올바른 마음가짐을 갖기 위한 기본적인 행동철학이 담겨져 있어, 예절교육과 인성교육을 위한 훌륭한 길잡이가 되며 한자공부에 도움을 줄 것이다. 비록 사자소학이 옛날에 쓰인 책이지만, 21세기를 살아가는 어린이는 물론이고 어른들에게도 정신적 지침서로 이를 가까이하다 보면 바른 인성함양에 크게 도움이 될 것이다.

2012. 2. 편집자

목 차

※ 본 책은 초급 한자교습용이므로 문장의 출전과 문법을 생략하였음을
밝혀 둡니다.

제1장. 효행편
孝行篇

부모님의 깊은 은혜를 갚고자 하지만

넓은 하늘처럼 끝이 없구나

父 生 我 身

아버지 **부**　　　날 **생**　　　나 **아**　　　몸 **신**

父生我身(부생아신) : 아버지께서 내 몸을 낳게 하시고

母 鞠 吾 身

어머니 **모**　　　기를 **국**　　　나 **오**　　　몸 **신**

母鞠吾身(모국오신) : 어머니께서 내 몸을 기르셨다.

腹 以 懷 我

배 **복**　　　써 **이**　　　품을 **회**　　　나 **아**

腹以懷我(복이회아) : 배로 나를 품으셨고

乳 以 哺 我

젖 **유**　　　써 **이**　　　먹일 **포**　　　나 **아**

乳以哺我(유이포아) : 젖으로 나를 먹이셨다.

ハ ハ分父	부수: 父	총획: 4		ノ ト と 牛生	부수: 生	총획: 5	
父				生			
二 千 手 扎 我 我	부수: 戈	총획: 7		' イ イ 自 身 身	부수: 身	총획: 7	
我				身			
し 口 母 母 母	부수: 母	총획: 5		廿 昔 靮 靮 鞠 鞠	부수: 革	총획: 17	
母				鞠			
一 五 五 五 吾 吾	부수: 口	총획: 7		' イ イ 自 身 身	부수: 身	총획: 7	
吾				身			
疒 肜 脂 腹 腹 腹	부수: 月(肉)	총획: 13		レ レ レ 以 以	부수: 人	총획: 5	
腹				以			
忄 忄 忄 懷 懷 懷	부수: 忄(心)	총획: 19		二 千 手 扎 我 我	부수: 戈	총획: 7	
懷				我			
一 ハ 爫 爭 爭 乳	부수: 乚(乙)	총획: 8		レ レ レ 以 以	부수: 人	총획: 5	
乳				以			
口 口 叮 听 哺 哺	부수: 口	총획: 10		二 千 手 扎 我 我	부수: 戈	총획: 7	
哺				我			

以 衣 溫 我

써 **이**   옷 **의**   따뜻할 **온**   나 **아**

✏️ **以衣溫我**(이의온아) : 옷으로써 나를 따뜻하게 하셨고

以 食 活 我

써 **이**   밥 **식**   살 **활**   나 **아**

✏️ **以食活我**(이식활아) : 음식으로써 나를 살게 하셨다.

恩 高 如 天

은혜 **은**   높을 **고**   같을 **여**   하늘 **천**

✏️ **恩高如天**(은고여천) : 은혜의 높음은 하늘과 같고

德 厚 似 地

덕 **덕** ★   두터울 **후**   같을 **사**   땅 **지**

✏️ **德厚似地**(덕후사지) : 은덕의 두터움은 땅과 같도다.

★ 德: 큰 덕

ㅣㄴㄴ以以	부수: 人	총획: 5	丶亠ナ衤衣衣	부수: 衣	총획: 6
以			衣		

丶冫汀汩泗溫	부수: 氵(水)	총획: 13	二チ手找我我	부수: 戈	총획: 7
溫			我		

ㅣㄴㄴ以以	부수: 人	총획: 5	人ㅅ今今食食	부수: 食	총획: 9
以			食		

丶冫汀汗活活	부수: 氵(水)	총획: 9	二チ手找我我	부수: 戈	총획: 7
活			我		

冂冈因因恩恩	부수: 心	총획: 10	丶亠亠高高高	부수: 高	총획: 10
恩			高		

乀ㄴ女如如	부수: 女	총획: 6	一二于天	부수: 大	총획: 4
如			天		

丶彳彳德德德	부수: 彳	총획: 15	厂厓厔厚厚厚	부수: 厂	총획: 9
德			厚		

ノイイ化似似	부수: 亻(人)	총획: 7	一十土地地	부수: 土	총획: 6
似			地		

爲 人 子 者

될 **위**　　사람 **인**　　자식 **자** ★　　놈 **자**

爲人子者(위인자자) : 사람의 자식 된 자로서

曷 不 爲 孝

어찌 **갈**　　아니 **불**　　할 **위**　　효도 **효**

曷不爲孝(갈불위효) : 어찌 효도를 하지 않겠는가.

欲 報 深 恩

하고자할 **욕**　　갚을 **보** ★　　깊을 **심**　　은혜 **은**

欲報深恩(욕보심은) : 깊은 은혜를 갚고자 하지만

昊 天 罔 極

넓은 하늘 **호**　　하늘 **천**　　없을 **망**　　다할 **극**

昊天罔極(호천망극) : 넓고 큰 하늘처럼 끝이 없구나.

★ 子: 아들 자　報: 알릴 보

ˊˋˊ广户爲爲	부수: 爫(爪)	총획: 12	ノ人	부수: 人	총획: 2
爲			人		

ˊ了子	부수: 子	총획: 3	十土耂耂者者	부수: 耂(老)	총획: 9
子			者		

口日月号号曷	부수: 日	총획: 9	一ナオ不	부수: 一	총획: 4
曷			不		

ˊˋˊ广户爲爲	부수: 爫(爪)	총획: 12	十土耂考孝	부수: 子	총획: 7
爲			孝		

ˊˋ谷谷谷欲	부수: 欠	총획: 11	土ま幸幸幸報報	부수: 土	총획: 12
欲			報		

氵汐汐泙深	부수: 氵(水)	총획: 11	冂囝因因恩恩	부수: 心	총획: 10
深			恩		

口日日旦旦昊	부수: 日	총획: 8	一二干天	부수: 大	총획: 4
昊			天		

冂冂罔罔罔罔	부수: 罒(网)	총획: 8	一木杧柯極	부수: 木	총획: 13
罔			極		

父 母 呼 我

아버지 **부**　　어머니 **모**　　부를 **호**　　나 **아**

父母呼我(부모호아) : 부모님께서 나를 부르시면

唯 而 趨 之

빨리 대답할 **유** ★　　말 이을 **이**　　달릴 **추**　　어조사 **지** ★

唯而趨之(유이추지) : 빨리 대답하고서 달려가야 하며

父 母 之 命

아버지 **부**　　어머니 **모**　　어조사 **지** ★　　명할 **명** ★

父母之命(부모지명) : 부모님의 명은

勿 逆 勿 怠

말 **물**　　거스를 **역**　　말 **물**　　게으를 **태**

勿逆勿怠(물역물태) : 거스르지 말고 게을리 하지 말라.

★ 唯: 오직 유　　之: 갈 지　　命: 목숨 명

획순	부수	총획	획순	부수	총획
ノ 八 グ 父	부수: 父	총획: 4	乚 ㄩ 口 毋 母	부수: 毋	총획: 5
父			母		
ㅣ 口 口' 吖 吖 呼	부수: 口	총획: 8	一 千 手 我 我 我	부수: 戈	총획: 7
呼			我		

획순	부수	총획	획순	부수	총획
口 叫 吖 吖 咋 唯	부수: 口	총획: 11	一 丆 丆 丙 而 而	부수: 而	총획: 6
唯			而		
土 丰 走 趋 趋 趋 趨	부수: 走	총획: 17	丶 亠 ㇇ 之	부수: 丿	총획: 4
趨			之		

획순	부수	총획	획순	부수	총획
ノ 八 グ 父	부수: 父	총획: 4	乚 ㄩ 口 毋 母	부수: 毋	총획: 5
父			母		
丶 亠 ㇇ 之	부수: 丿	총획: 4	人 亼 今 合 合 命	부수: 口	총획: 8
之			命		

획순	부수	총획	획순	부수	총획
ノ 勹 勺 勿	부수: 勹	총획: 4	丶 丷 䒑 屰 屰 逆	부수: 辶(辵)	총획: 10
勿			逆		
ノ 勹 勺 勿	부수: 勹	총획: 4	ㄥ 厶 台 㐀 怠 怠	부수: 心	총획: 9
勿			怠		

侍 坐 親 前

모실 **시**   앉을 **좌**   어버이 **친** ★   앞 **전**

✎ 侍坐親前(시좌친전) : 어버이를 앞에 모시고 앉을 때에는

勿 踞 勿 臥

말 **물**   걸터앉을 **거**   말 **물**   누울 **와**

✎ 勿踞勿臥(물거물와) : 걸터앉지 말고 눕지 말 것이며

膝 前 勿 坐

무릎 **슬**   앞 **전**   말 **물**   앉을 **좌**

✎ 膝前勿坐(슬전물좌) : 무릎 앞에 앉지 말고

親 面 勿 仰

어버이 **친** ★   낯 **면**   말 **물**   쳐다볼 **앙** ★

✎ 親面勿仰(친면물앙) : 어버이 얼굴을 쳐다보지 말라.

★ 親: 친할 친   仰: 우러를 앙

亻什件侍侍	부수: 亻(人)	총획: 8	丿乀亼坐坐坐	부수: 土	총획: 7
侍			坐		

立 辛 亲 新 親 親	부수: 見	총획: 16	丷丷芌首前前	부수: 刂(刀)	총획: 9
親			前		

丿勹勺勿	부수: 勹	총획: 4	卩跫跫跫踞踞	부수: 跫(足)	총획: 15
勿			踞		

丿勹勺勿	부수: 勹	총획: 4	丆丮乑臣卧臥	부수: 臣	총획: 8
勿			臥		

月 胅 胅 胅 膝 膝	부수: 月(肉)	총획: 15	丷丷芌首前前	부수: 刂(刀)	총획: 9
膝			前		

丿勹勺勿	부수: 勹	총획: 4	丿乀亼坐坐坐	부수: 土	총획: 7
勿			坐		

立 辛 亲 新 親 親	부수: 見	총획: 16	一丆丙而面面	부수: 面	총획: 9
親			面		

丿勹勺勿	부수: 勹	총획: 4	亻亻伫伫仰	부수: 亻(人)	총획: 6
勿			仰		

父 母 臥 命

아버지 **부**　　　어머니 **모**　　　누울 **와**　　　명할 **명** ★

✏️ 父母臥命(부모와명) : 부모님께서 누워서 명하시거든

俯 首 聽 之

구부릴 **부**　　　머리 **수**　　　들을 **청**　　　어조사 **지** ★

✏️ 俯首聽之(부수청지) : 머리를 구부리고 들어야 하며

坐 命 跪 聽

앉을 **좌**　　　명할 **명** ★　　　꿇어앉을 **궤**　　　들을 **청**

✏️ 坐命跪聽(좌명궤청) : 앉아서 명하시거든 꿇어앉아 듣고

立 命 立 聽

설 **립**　　　명할 **명** ★　　　설 **립**　　　들을 **청**

✏️ 立命立聽(입명입청) : 서서 명하시거든 서서 들어야 한다.

★ **命** : 목숨 명　**之** : 갈 지

′ ′′ ′′ 父	부수: 父	총획: 4
父		

乚 ↳ 됴 묘 母	부수: 母	총획: 5
母		

﹁ ㄢ 邳 臣 卧 臥	부수: 臣	총획: 8
臥		

人 亼 仐 仐 合 合 命 命	부수: 口	총획: 8
命		

亻 仁 仁 佇 俯 俯	부수: 亻(人)	총획: 10
俯		

丷 丷 丷 首 首	부수: 首	총획: 9
首		

王 耳 耵 耵 聰 聽	부수: 耳	총획: 22
聽		

′ ﹀ 之 之	부수: 丿	총획: 4
之		

人 人 丛 丛 坐 坐 坐	부수: 土	총획: 7
坐		

人 亼 仐 仐 合 合 命 命	부수: 口	총획: 8
命		

丬 足 趵 趵 跨 跪 跪	부수: 뢷(足)	총획: 13
跪		

王 耳 耵 耵 聰 聽	부수: 耳	총획: 22
聽		

′ ﹁ 二 亠 立	부수: 立	총획: 5
立		

人 亼 仐 仐 合 合 命 命	부수: 口	총획: 8
命		

′ ﹁ 二 亠 立	부수: 立	총획: 5
立		

王 耳 耵 耵 聰 聽	부수: 耳	총획: 22
聽		

父 母 出 入

아버지 **부**   어머니 **모**   날 **출**   들 **입**

父母出入(부모출입) : 부모님께서 나가고 들어오실 때에는

每 必 起 坐

매양 **매**   반드시 **필**   일어날 **기**   앉을 **좌**

每必起坐(매필기좌) : 매번 반드시 일어났다 앉을 것이며

獻 物 父 母

드릴 **헌**   물건 **물**   아버지 **부**   어머니 **모**

獻物父母(헌물부모) : 부모님께 물건을 드릴 때에는

跪 而 進 之

꿇어앉을 **궤**   말 이을 **이**   올릴 **진** ★   어조사 **지** ★

跪而進之(궤이진지) : 꿇어앉아서(공손하게) 올려야 한다.

★ 進: 나아갈 진   之: 갈 지

ノノグ父	부수: 父	총획: 4	ㄴ口母母母	부수: 母	총획: 5
父			母		

ㅣ 十 屮 出 出	부수: 凵	총획: 5	ノ入	부수: 入	총획: 2
出			入		

ノニチ乍每每	부수: 母	총획: 7	丶ソ必必必	부수: 心	총획: 5
每			必		

土キキ走起起	부수: 走	총획: 10	ノ人 스스 坐 坐	부수: 土	총획: 7
起			坐		

ト 广 虍 虘 虞 獻 獻	부수: 犬	총획: 20	ノ 广 牛 物 物	부수: 牛	총획: 8
獻			物		

ノノグ父	부수: 父	총획: 4	ㄴ口母母母	부수: 母	총획: 5
父			母		

呈足距距跟跪	부수: 足(足)	총획: 13	一 フ丆丙而而	부수: 而	총획: 6
跪			而		

亻 仁 隹 進 進	부수: 辶(辵)	총획: 12	丶亠之之	부수: ノ	총획: 4
進			之		

出 必 告 之

날 **출**　　반드시 **필**　　아뢸 **곡** ★　　어조사 **지** ★

🖊 **出必告之**(출필곡지) : 나갈 때에는 반드시 말씀을 드리고

返 必 拜 謁

돌아올 **반**　　반드시 **필**　　절 **배**　　뵐 **알**

🖊 **返必拜謁**(반필배알) : 돌아와서는 반드시 절하고 뵈어야 한다.

出 不 易 方

날 **출**　　아니 **불**　　바꿀 **역** ★　　방향 **방** ★

🖊 **出不易方**(출불역방) : 나가서는 있는 곳을 바꾸지 말고

遊 必 有 方

놀 **유**　　반드시 **필**　　있을 **유**　　방향 **방** ★

🖊 **遊必有方**(유필유방) : 놀 때에는 반드시 일정한 장소가 있어야 한다.

★ 告 : 알릴 고　　之 : 갈 지　　易 : 쉬울 이　　方 : 모 방

	부수: 凵	총획: 5		부수: 心	총획: 5
丨ㄴ屮出出			丶丿必必必		
出			必		

	부수: 口	총획: 7		부수: 丿	총획: 4
丿ㄧ屮生告告			丶一ㄣ之		
告			之		

	부수: 辶(辵)	총획: 8		부수: 心	총획: 5
厂厂反丶反返返			丶丿必必必		
返			必		

	부수: 手	총획: 9		부수: 言	총획: 16
丿⺊三扌拝拜			言訐訐謁謁		
拜			謁		

	부수: 凵	총획: 5		부수: 一	총획: 4
丨ㄴ屮出出			一ㄱ才不		
出			不		

	부수: 日	총획: 8		부수: 方	총획: 4
冂日日㣉昜易			丶一亠方		
易			方		

	부수: 辶(辵)	총획: 13		부수: 心	총획: 5
方方斿斿游遊			丶丿必必必		
遊			必		

	부수: 月	총획: 6		부수: 方	총획: 4
丿ナ才有有有			丶一亠方		
有			方		

若 告 西 適

만약 **약** ★   고할 **고**   서녘 **서**   갈 **적** ★

✏️ 若告西適(약고서적) : 만약 서쪽으로 간다고 말씀드렸으면

不 復 東 往

아니 **불**   다시 **부** ★   동녘 **동**   갈 **왕**

✏️ 不復東往(불부동왕) : 다시 동쪽으로 가지 않아야 하며

平 生 一 欺

평평할 **평**   날 **생**   한 **일**   속일 **기**

✏️ 平生一欺(평생일기) : 평소 한번만 속일지라도

其 罪 如 山

그 **기**   죄 **죄**   같을 **여**   뫼 **산**

✏️ 其罪如山(기죄여산) : 그 죄는 산과 같다.

★若: 같을 약   適: 맞을 적   復: 돌아올 복

艹 艹 丬 芝 芳 若	부수: 艹(艸)	총획: 9
若		

一 亠 生 告 告	부수: 口	총획: 7
告		

一 丆 冂 西 西 西	부수: 西	총획: 6
西		

宀 商 商 商 適	부수: 辶(辵)	총획: 15
適		

一 丆 才 不	부수: 一	총획: 4
不		

彳 彳 彳 復 復	부수: 彳	총획: 12
復		

一 厂 百 申 東 東	부수: 木	총획: 8
東		

彳 彳 彳 往 往	부수: 彳	총획: 8
往		

一 广 午 丕 平	부수: 干	총획: 5
平		

彳 丿 牛 生	부수: 生	총획: 5
生		

一	부수: 一	총획: 1
一		

艹 甘 其 其 欺 欺	부수: 欠	총획: 12
欺		

一 十 艹 甘 其 其	부수: 八	총획: 8
其		

宀 罒 罒 罒 罪 罪	부수: 罒(网)	총획: 13
罪		

乙 乂 女 如 如	부수: 女	총획: 6
如		

丨 屮 山	부수: 山	총획: 3
山		

飮	食	雖	惡
마실 **음**	먹을 **식**	비록 **수**	나쁠 **악** ★

飮食雖惡(음식수악) : 음식이 비록 나쁘더라도

與	之	必	食
줄 **여** ★	어조사 **지** ★	반드시 **필**	먹을 **식**

與之必食(여지필식) : 그것을 주시면 반드시 먹을 것이며

衣	服	雖	惡
옷 **의**	옷 **복**	비록 **수**	나쁠 **악** ★

衣服雖惡(의복수악) : 의복이 비록 나쁘더라도

與	之	必	着
줄 **여** ★	어조사 **지** ★	반드시 **필**	입을 **착** ★

與之必着(여지필착) : 그것을 주시면 반드시 입어야 한다.

★ 惡 : 미워할 오   與 : 더불어 여   之 : 갈 지   着 : 붙을 착

ｸｸ乌乌食食飲 飲	부수: 飠(食)	총획: 13

飲

人人今今食食	부수: 食	총획: 9

食

吕虽虽虽虽雖	부수: 隹	총획: 17

雖

一口亞亞惡惡	부수: 心	총획: 12

惡

ｲ臼臼與與	부수: 臼(臼)	총획: 14

與

丶亠之	부수: ノ	총획: 4

之

丶ｿ必必必	부수: 心	총획: 5

必

人人今今食食	부수: 食	총획: 9

食

丶亠ｚ衣衣衣	부수: 衣	총획: 6

衣

丿月肌服服	부수: 月	총획: 8

服

吕虽虽虽虽雖	부수: 隹	총획: 17

雖

一口亞亞惡惡	부수: 心	총획: 12

惡

ｲ臼臼與與	부수: 臼(臼)	총획: 14

與

丶亠之	부수: ノ	총획: 4

之

丶ｿ必必必	부수: 心	총획: 5

必

丷丷兰羊着	부수: 羊(羊)	총획: 12

着

飲 食 親 前

마실 **음**　　먹을 **식**　　어버이 **친** *　　앞 **전**

飲食親前(음식친전) : 어버이 앞에서 음식을 먹을 때에는

勿 出 器 聲

말 **물**　　날 **출**　　그릇 **기**　　소리 **성**

勿出器聲(물출기성) : 그릇 부딪히는 소리를 내지 말고

衣 服 帶 鞋

옷 **의**　　옷 **복**　　띠 **대**　　신 **혜**

衣服帶鞋(의복대혜) : 의복과 혁대와 신발은

勿 失 勿 裂

말 **물**　　잃을 **실**　　말 **물**　　찢을 **렬**

勿失勿裂(물실물렬) : 잃어버리지 말고 찢지 말라.

* 親: 친할 친

	부수: 飠(食)	총획: 13		부수: 食	총획: 9
ノ ケ 今 倉 飮 飲			人 人 今 今 食 食		
飲			食		

	부수: 見	총획: 16		부수: 刂(刀)	총획: 9
立 辛 亲 新 親 親			ⸯ 丷 并 前 前 前		
親			前		

	부수: 勹	총획: 4		부수: 凵	총획: 5
ノ 勹 勺 勿			丨 屮 中 出 出		
勿			出		

	부수: 口	총획: 16		부수: 耳	총획: 17
吅 吅 哭 哭 器 器			一 圭 声 殸 殸 聲		
器			聲		

	부수: 衣	총획: 6		부수: 月	총획: 8
亠 亠 ナ 衣 衣			丿 月 肌 服 服 服		
衣			服		

	부수: 巾	총획: 11		부수: 革	총획: 15
一 卅 卅 带 帶 帶			廿 莒 革 革 鞋 鞋		
帶			鞋		

	부수: 勹	총획: 4		부수: 大	총획: 5
ノ 勹 勺 勿			丿 仁 失 失		
勿			失		

	부수: 勹	총획: 4		부수: 衣	총획: 12
ノ 勹 勺 勿			一 歹 列 刻 裂 裂		
勿			裂		

父 母 有 病

아버지 **부**　　어머니 **모**　　있을 **유**　　병 **병**

父母有病(부모유병) : 부모님께서 병이 있으시거든

憂 而 謀 療

근심할 **우**　　말 이을 **이**　　꾀할 **모**　　병 고칠 **료**

憂而謀療(우이모료) : 근심하면서 병을 고칠 것을 꾀하며

父 母 唾 痰

아버지 **부**　　어머니 **모**　　침 **타**　　가래 **담**

父母唾痰(부모타담) : 부모님의 침이나 가래는

每 必 覆 之

매양 **매**　　반드시 **필**　　덮을 **부** ★　　어조사 **지** ★

每必覆之(매필부지) : 매번 반드시 덮어야 한다. (추한 것을 가려드려
야 한다.)

★ 覆 : 뒤집힐 복　 之 : 갈 지

필순	부수	총획	한자
ノ ハ ク 父	父	4	父
乚 𠃋 毋 毋 母	毋	5	母
ノ ナ 十 冇 有 有	月	6	有
亠 广 疒 疒 痄 病	疒	10	病

필순	부수	총획	한자
丙 㐁 頁 悥 憂 憂	心	15	憂
一 丆 丆 丙 而 而	而	6	而
言 言 計 評 謀 謀	言	16	謀
亠 广 疒 疾 疾 瘵 療	疒	17	療

필순	부수	총획	한자
ノ ハ ク 父	父	4	父
乚 𠃋 毋 毋 母	毋	5	母

필순	부수	총획	한자
口 吒 唔 唔 唾 唾	口	11	唾
广 疒 疒 疗 痰 痰	疒	13	痰

필순	부수	총획	한자
ノ 𠂉 乍 毎 每 每	毋	7	每
丶 ソ 义 必 必	心	5	必
覀 覀 覀 覆 覆 覆	襾	18	覆
丶 亠 ラ 之	丿	4	之

父　母　之　年

아버지 **부**　　어머니 **모**　　어조사 **지** ★　　나이 **년** ★

✏️ 父母之年(부모지년) : 부모님의 연세는

不　可　不　知

아니 **불**　　가히 **가** ★　　아니 **부**　　알 **지**

✏️ 不可不知(불가부지) : 알지 못하면 안 된다.

父　母　衣　服

아버지 **부**　　어머니 **모**　　옷 **의**　　옷 **복**

✏️ 父母衣服(부모의복) : 부모님의 의복은

勿　踰　勿　踐

말 **물**　　넘을 **유**　　말 **물**　　밟을 **천**

✏️ 勿踰勿踐(물유물천) : 넘지 말며 밟지 말라.

★ 之 : 갈 지　　年 : 해 년　　可 : 옳을 가

`ヽ丶ﾉ父`	부수: 父	총획: 4	`ㄴ母母母母`	부수: 母	총획: 5
父			母		

`ﾟﾟﾗ之`	부수: ﾉ	총획: 4	`ﾟﾟﾟﾟ年年`	부수: 干	총획: 6
之			年		

`一ﾌﾜ不`	부수: 一	총획: 4	`一ﾜﾟﾟ可`	부수: 口	총획: 5
不			可		

`一ﾌﾜ不`	부수: 一	총획: 4	`ﾟﾟﾟ矢矢知知`	부수: 矢	총획: 8
不			知		

`ヽ丶ﾉ父`	부수: 父	총획: 4	`ㄴ母母母母`	부수: 母	총획: 5
父			母		

`丶丶亣衣衣衣`	부수: 衣	총획: 6	`丿月月別服服服`	부수: 月	총획: 8
衣			服		

`丿勹勺勿`	부수: 勹	총획: 4	`甼足跖跖踰踰`	부수: 足(足)	총획: 16
勿			踰		

`丿勹勺勿`	부수: 勹	총획: 4	`甼足跋跋践践`	부수: 足(足)	총획: 15
勿			踐		

侍	坐	親	側
모실 **시**	앉을 **좌**	어버이 **친** ★	곁 **측**

✎ **侍坐親側**(시좌친측) : 어버이 곁에 모시고 앉을 때에는

進	退	必	恭
나아갈 **진**	물러날 **퇴**	반드시 **필**	공손할 **공**

✎ **進退必恭**(진퇴필공) : 나아가고 물러감을 반드시 공손히 하고

立	則	視	足
설 **립**	곧 **즉** ★	볼 **시**	발 **족**

✎ **立則視足**(입즉시족) : 서 있을 때는 발을 보고

坐	則	視	膝
앉을 **좌**	곧 **즉** ★	볼 **시**	무릎 **슬**

✎ **坐則視膝**(좌즉시슬) : 앉아있을 때는 무릎을 보아라.

★ 親 : 친할 친   則 : 법칙 칙

亻 亻 亻 侍 侍	부수: 亻(人)	총획: 8	ノ メ メ 朩 坐 坐	부수: 土	총획: 7
侍			坐		

立 辛 亲 新 親 親	부수: 見	총획: 16	亻 们 但 俱 側 側	부수: 亻(人)	총획: 11
親			側		

亻 亻 隹 進 進	부수: 辶(辵)	총획: 12	ㄱ ㅋ 艮 艮 退 退	부수: 辶(辵)	총획: 10
進			退		

丶 丷 丷 必 必	부수: 心	총획: 5	丗 丗 共 恭 恭	부수: 忄(心)	총획: 10
必			恭		

丶 ㄴ 亠 立 立	부수: 立	총획: 5	丨 冂 目 貝 則 則	부수: 刂(刀)	총획: 9
立			則		

二 干 示 初 祁 視	부수: 見	총획: 12	丨 口 口 甲 足	부수: 足	총획: 7
視			足		

ノ メ メ 朩 坐 坐	부수: 土	총획: 7	丨 冂 目 貝 則 則	부수: 刂(刀)	총획: 9
坐			則		

二 干 示 初 祁 視	부수: 見	총획: 12	月 腓 肤 胨 膝 膝	부수: 月(肉)	총획: 15
視			膝		

昏	必	定	褥
저물 **혼**	반드시 **필**	정할 **정**	요 **욕**

✏️ **昏必定褥**(혼필정욕) : 저녁에는 반드시 자리를 정하고

晨	必	省	候
새벽 **신**	반드시 **필**	살필 **성** ★	살필 **후** ★

✏️ **晨必省候**(신필성후) : 새벽에는 반드시 안후를 살펴라.

夏	則	扇	枕
여름 **하**	곧 **즉** ★	부채 **선**	베개 **침**

✏️ **夏則扇枕**(하즉선침) : 여름에는 베개 곁에서 부채질하고

冬	則	溫	被
겨울 **동**	곧 **즉** ★	따뜻할 **온**	이불 **피** ★

✏️ **冬則溫被**(동즉온피) : 겨울에는 이불을 따뜻하게 하여 드려라.

★ 省 : 덜 생   候 : 기후 후   則 : 법칙 칙   被 : 입을 피

ヿ 厂 厂 氏 昏 昏 昏	부수: 日	총획: 8	` ㇏ 必 必 必	부수: 心	총획: 5
昏			必		

` 宀 宀 宁 定	부수: 宀	총획: 8	㇀ 才 衤 袍 褯 褯 褥	부수: 衤(衣)	총획: 15
定			褥		

冂 曰 尸 戽 晨 晨	부수: 日	총획: 11	` ㇏ 必 必 必	부수: 心	총획: 5
晨			必		

㇃ 小 小 少 省 省	부수: 目	총획: 9	亻 亻 仴 伊 俟 候	부수: 亻(人)	총획: 10
省			候		

一 丆 百 戸 夏 夏	부수: 夂	총획: 10	丨 冂 目 貝 貝 則	부수: 刂(刀)	총획: 9
夏			則		

宀 戸 启 肩 扁 扇	부수: 戸	총획: 10	十 木 朾 枕 枕	부수: 木	총획: 8
扇			枕		

㇒ 夂 夂 冬 冬	부수: 冫	총획: 5	丨 冂 目 貝 貝 則	부수: 刂(刀)	총획: 9
冬			則		

` 氵 汩 汨 渥 溫	부수: 氵(水)	총획: 13	才 衤 衤 衻 被 被	부수: 衤(衣)	총획: 10
溫			被		

父 母 愛 之

아버지 **부**　　어머니 **모**　　사랑 **애**　　어조사 **지** ★

 **父母愛之**(부모애지) : 부모님께서 사랑해주시거든

喜 而 勿 忘

기쁠 **희**　　말 이을 **이**　　말 **물**　　잊을 **망**

 **喜而勿忘**(희이물망) : 기뻐하면서 잊지 말며

父 母 惡 之

아버지 **부**　　어머니 **모**　　미워할 **오** ★　　어조사 **지** ★

 **父母惡之**(부모오지) : 부모님께서 미워하시더라도

懼 而 無 怨

두려울 **구**　　말 이을 **이**　　없을 **무**　　원망할 **원**

 **懼而無怨**(구이무원) : 두려워하면서 원망하지 말아야 한다.

★ 之: 갈 지　惡: 악할 악

´ ハ グ 父	부수: 父	총획: 4	ㄴ ㄥ 呉 臾 母	부수: 母	총획: 5
父			母		

´ ´´ ㅉ 惡 惡 愛	부수: 心	총획: 13	` ㆍ ㅜ 之	부수: 丿	총획: 4
愛			之		

十 吉 吉 喜 壴 喜	부수: 口	총획: 12	一 ㄱ ㄲ 丙 而 而	부수: 而	총획: 6
喜			而		

´ ㄱ 勾 勿	부수: 勹	총획: 4	亠 亡 亡 忘 忘 忘	부수: 心	총획: 7
勿			忘		

´ ハ グ 父	부수: 父	총획: 4	ㄴ ㄥ 呉 臾 母	부수: 母	총획: 5
父			母		

一 ㅜ ㅉ 亞 惡 惡	부수: 心	총획: 12	` ㆍ ㅜ 之	부수: 丿	총획: 4
惡			之		

´ ㅑ ㅐ ㄼ 懼 懼 懼	부수: 忄(心)	총획: 21	一 ㄱ ㄲ 丙 而 而	부수: 而	총획: 6
懼			而		

´ ㅑ 二 無 無 無	부수: 灬(火)	총획: 12	ㄅ 夕 夗 夗 怨 怨	부수: 心	총획: 9
無			怨		

雪　裡　求　筍

눈 **설**　　속 **리**　　구할 **구**　　죽순 **순**

✏️ **雪裡求筍**(설리구순) : 눈 속에서 죽순을 구해온 것은

孟　宗　之　孝

성(姓) **맹** ★　　마루 **종**　　어조사 **지** ★　　효도 **효**

✏️ **孟宗之孝**(맹종지효) : 맹종의 효도이고 (맹종: 중국 吳나라의 효자로 유명한 사람.)

叩　氷　得　鯉

두드릴 **고**　　얼음 **빙**　　얻을 **득**　　잉어 **리**

✏️ **叩氷得鯉**(고빙득리) : 얼음을 두드려 잉어를 얻은 것은

王　祥　之　孝

성(姓) **왕** ★　　상서로울 **상**　　어조사 **지** ★　　효도 **효**

✏️ **王祥之孝**(왕상지효) : 왕상의 효도이다. (왕상: 중국 西晉시대의 효자로 이름난 사람.)

★孟: 맏 맹　　之: 갈 지　　王: 임금 왕

一 广 帀 乕 乕 雪	부수: 雨	총획: 11	礻 礻 衵 衵 裡 裡	부수: 礻(衣)	총획: 12
雪			裡		

一 十 寸 寸 求 求	부수: 水(水)	총획: 7	乀 笁 笁 笁 筍 筍	부수: 竹	총획: 12
求			筍		

了 子 舌 舌 孟 孟	부수: 子	총획: 8	丶 宀 宀 宁 宗	부수: 宀	총획: 8
孟			宗		

丶 二 之 之	부수: 丿	총획: 4	十 土 耂 考 孝	부수: 子	총획: 7
之			孝		

丶 口 口 叩 叩 叩	부수: 口	총획: 5	丿 丬 沵 氺 氷	부수: 水	총획: 5
叩			氷		

丿 彳 彳 但 得 得	부수: 彳	총획: 11	夕 乃 甶 魚 鮰 鯉 鯉	부수: 魚	총획: 18
得			鯉		

一 二 干 王	부수: 王(玉)	총획: 4	二 干 示 礻 祥 祥	부수: 示	총획: 11
王			祥		

丶 二 之 之	부수: 丿	총획: 4	十 土 耂 考 孝	부수: 子	총획: 7
之			孝		

對 案 不 食

대할 **대** ★   책상 **안**   아니 **불**   먹을 **식**

🖉 **對案不食**(대안불식) : 밥상을 대하고 잡수시지 않으시거든

思 得 良 饌

생각 **사**   얻을 **득**   좋을 **량**   반찬 **찬**

🖉 **思得良饌**(사득양찬) : 좋은 반찬을 얻을(마련하여 드릴) 것을 생각하라.

事 親 至 孝

섬길 **사** ★   어버이 **친** ★   지극할 **지** ★   효도 **효**

🖉 **事親至孝**(사친지효) : 어버이를 섬기는 지극한 효도는

養 志 養 體

받들 **양** ★   뜻 **지**   봉양할 **양** ★   몸 **체**

🖉 **養志養體**(양지양체) : 뜻을 받들고 몸을 잘 봉양함이다.

★ **對**: 대답할 대   **事**: 일 사   **親**: 친할 친   **至**: 이를 지   **養**: 기를 양

⺊业业业對對對	부수: 寸	총획: 14	宀亠安安宰案	부수: 木	총획: 10
對			案		

一ㄱ不不	부수: 一	총획: 4	人入今今食食	부수: 食	총획: 9
不			食		

口田田思思	부수: 心	총획: 9	丿彳彳彳得得	부수: 彳	총획: 11
思			得		

丶ㄱㅋ戶良良	부수: 艮	총획: 7	乀今食食饌饌饌	부수: 食(食)	총획: 21
良			饌		

一口曰写写事	부수: 亅	총획: 8	立辛亲亲親親	부수: 見	총획: 16
事			親		

一工互至至至	부수: 至	총획: 6	⺊土耂考孝	부수: 子	총획: 7
至			孝		

⺊兰羊养養養	부수: 食	총획: 15	一十士志志志	부수: 心	총획: 7
養			志		

⺊兰羊养養養	부수: 食	총획: 15	口吅骨骨骨體體	부수: 骨	총획: 23
養			體		

身	體	髮	膚
몸 **신**	몸 **체**	머리털 **발**	살갗 **부**

 **身體髮膚**(신체발부) : 신체와 머리털과 피부는

受	之	父	母
받을 **수**	어조사 **지** *	아버지 **부**	어머니 **모**

 **受之父母**(수지부모) : 부모에게서 받은 것이니

不	敢	毁	傷
아니 **불**	감히 **감**	헐 **훼**	상할 **상**

 **不敢毁傷**(불감훼상) : 감히 다치거나 상하게 하지 않는 것이

孝	之	始	也
효도 **효**	어조사 **지** *	처음 **시**	어조사 **야**

 **孝之始也**(효지시야) : 효도의 시작이요.

* 之: 갈 지

	부수: 身	총획: 7		부수: 骨	총획: 23
´ ´ ή ή 身 身			冂 吅 骨 骨 體 體		
身			體		

	부수: 髟	총획: 15		부수: 月(肉)	총획: 15
月 镸 髟 髟 髮 髮 髮			广 广 庐 庐 膚 膚		
髮			膚		

	부수: 又	총획: 8		부수: 丿	총획: 4
´ ´´ ´´´ 严 受 受			` ` ㇜ 之		
受			之		

	부수: 父	총획: 4		부수: 毋	총획: 5
´ ´´ ケ 父			㇄ 凵 廿 母 母		
父			母		

	부수: 一	총획: 4		부수: 攵(攴)	총획: 12
一 丆 ア 不			㇕ 千 丟 耳 耳 敢 敢		
不			敢		

	부수: 殳	총획: 13		부수: 亻(人)	총획: 13
´ 白 白 皀 皀 毀			亻 伫 佢 傴 傷 傷		
毀			傷		

	부수: 子	총획: 7		부수: 丿	총획: 4
十 土 耂 孝 孝			` ` ㇜ 之		
孝			之		

	부수: 女	총획: 8		부수: 乚(乙)	총획: 3
㇄ 女 妁 妁 始 始			㇇ 力 也		
始			也		

立 身 行 道

설 **립**　　　몸 **신**　　　행할 **행**　　　도리 **도** ⭐

✏️ **立身行道**(입신행도) : 몸을 세워(출세하여) 도를 행하고

揚 名 後 世

날릴 **양**　　　이름 **명**　　　뒤 **후**　　　세상 **세**

✏️ **揚名後世**(양명후세) : 이름을 후세에 드날려서

以 顯 父 母

써 **이**　　　나타날 **현**　　　아버지 **부**　　　어머니 **모**

✏️ **以顯父母**(이현부모) : 이로써 부모님의 이름을 드러냄이

孝 之 終 也

효도 **효**　　　어조사 **지** ⭐　　　마침 **종**　　　어조사 **야**

✏️ **孝之終也**(효지종야) : 효도의 마침이다.

⭐ 道: 길 도　　之: 갈 지

	부수: 立	총획: 5		부수: 身	총획: 7
` ` ` ` 立 立			` ` ` ` ` 身 身		
立			身		

	부수: 行	총획: 6		부수: 辶(辵)	총획: 13
` ` ` ` 行 行			` ` ` ` 首 道		
行			道		

	부수: 扌(手)	총획: 12		부수: 口	총획: 6
` ` ` 押 押 揚 揚			` ` ` ` 名 名		
揚			名		

	부수: 彳	총획: 9		부수: 一	총획: 5
` ` ` ` 後 後 後			` ` ` ` 世		
後			世		

	부수: 人	총획: 5		부수: 頁	총획: 23
` ` ` 以 以			` ` ` ` 顯 顯 顯		
以			顯		

	부수: 父	총획: 4		부수: 母	총획: 5
` ` ` 父			` ` ` 母 母		
父			母		

	부수: 子	총획: 7		부수: 丿	총획: 4
` ` ` 考 孝			` ` ` 之		
孝			之		

	부수: 糸	총획: 11		부수: 乚(乙)	총획: 3
` ` ` ` 糸 終 終			` ` ` 也		
終			也		

元 是 孝 者

으뜸 **원**　　　이 **시** *　　　효도 **효**　　　놈 **자**

✏️ 元是孝者(원시효자) : 원래 효도는

爲 仁 之 本

할 **위**　　　어질 **인**　　　어조사 **지** *　　　근본 **본**

✏️ 爲仁之本(위인지본) : 인을 행하는 근본이니

事 親 如 此

섬길 **사** *　　　어버이 **친** *　　　같을 **여**　　　이 **차**

✏️ 事親如此(사친여차) : 어버이 섬기기를 이와 같이 하면

可 謂 人 子

가히 **가** *　　　이를 **위**　　　사람 **인**　　　자식 **자** *

✏️ 可謂人子(가위인자) : 사람의 자식이라 이를 만하다.

* 是 : 옳을 시　　之 : 갈 지　　事 : 일 사　　親 : 친할 친　　可 : 옳을 가　　子 : 아들 자

一二テ元	부수: 儿	총획: 4	一口日早是是	부수: 日	총획: 9
元			是		

十士尹孝孝	부수: 子	총획: 7	十士尹尹者者	부수: 耂(老)	총획: 9
孝			者		

一爫尸戶爲爲	부수: 爫(爪)	총획: 12	亻亻仁	부수: 亻(人)	총획: 4
爲			仁		

丶亠之之	부수: 丿	총획: 4	一十才木本	부수: 木	총획: 5
之			本		

一口写写事	부수: 亅	총획: 8	立辛亲新親親	부수: 見	총획: 16
事			親		

〈女女如如	부수: 女	총획: 6	卜止止此此	부수: 止	총획: 6
如			此		

一丁可可可	부수: 口	총획: 5	言謂謂謂謂	부수: 言	총획: 16
可			謂		

丿人	부수: 人	총획: 2	了了子	부수: 子	총획: 3
人			子		

메 모

제2장. 학문편
學問篇

비로소 문자를 익힐 때에는

글자의 획을 바르게 그을 것이다.

始 習 文 字

비로소 **시**　　익힐 **습**　　글월 **문**　　글자 **자**

✏ 始習文字(시습문자) : 비로소 문자를 익힐 때에는

字 劃 楷 正

글자 **자**　　그을 **획**　　바를 **해** ★　　바를 **정**

✏ 字劃楷正(자획해정) : 글자의 획을 바르게 그을 것이며

晝 耕 夜 讀

낮 **주**　　밭갈 **경**　　밤 **야**　　읽을 **독**

✏ 晝耕夜讀(주경야독) : 낮에는 밭을 갈고 밤에는 글을 읽고

夏 禮 春 詩

여름 **하**　　예도 **례**　　봄 **춘**　　글 **시**

✏ 夏禮春詩(하례춘시) : 여름에는 예를 익히고 봄에는 시를 배운다.

★ 楷: 본보기 해

ㄴ 女 如 妙 始 始	부수: 女	총획: 8	ㄱ ㄱ 羽 羽 習 習	부수: 羽	총획: 11
始			習		

ㆍ ㅗ ㅓ 文	부수: 文	총획: 4	ㆍ ㄱ ㄱ 宁 字	부수: 子	총획: 6
文			字		

ㆍ ㄱ ㄱ 宁 字	부수: 子	총획: 6	ㄱ ㄱ 聿 書 書 畵 劃	부수: 刂(刀)	총획: 14
字			劃		

十 才 木 杧 朴 楷 楷	부수: 木	총획: 13	ㄱ 丁 下 ㅍ 正	부수: 止	총획: 5
楷			正		

ㄱ ㄱ 聿 書 書 畵	부수: 日	총획: 11	ㆍ ㆍ 三 耒 耒 耕	부수: 耒	총획: 10
畵			耕		

ㆍ 亠 疒 疒 夜 夜	부수: 夕	총획: 8	ㆍ 言 言 讀 讀 讀	부수: 言	총획: 22
夜			讀		

一 丆 百 頁 夏 夏	부수: 夂	총획: 10	干 示 和 和 禮 禮	부수: 示	총획: 18
夏			禮		

ㆍ 三 声 夫 春 春	부수: 日	총획: 9	ㆍ 言 言 計 詩 詩	부수: 言	총획: 13
春			詩		

紙　筆　硯　墨

종이 **지**　　붓 **필**　　벼루 **연**　　먹 **묵**

🖊 **紙筆硯墨(지필연묵)** : 종이와 붓과 벼루와 먹은

文　房　四　友

글월 **문**　　방 **방**　　넉 **사**　　벗 **우**

🖊 **文房四友(문방사우)** : 글방의 네 벗이다.

書　机　書　硯

글 **서**　　책상 **궤**　　글 **서**　　벼루 **연**

🖊 **書机書硯(서궤서연)** : 책상과 벼루는

自　正　其　面

스스로 **자**　　바를 **정**　　그 **기**　　낯 **면**

🖊 **自正其面(자정기면)** : 스스로 그 면을 바르게 대하여야 한다.

	부수: 糸	총획: 10		부수: 竹	총획: 12
∠ 幺 糸 糸 糽 紙 紙			^ ^ 竹 竻 竿 筆 筆		
紙			筆		

	부수: 石	총획: 12		부수: 土	총획: 15
ノ 石 砂 砸 硯 硯			口 罒 甲 里 黑 墨 墨		
硯			墨		

	부수: 文	총획: 4		부수: 戶	총획: 8
` 亠 ナ 文			` ㄱ 戶 戶 房 房		
文			房		

	부수: 口	총획: 5		부수: 又	총획: 4
丨 冂 冋 四 四			一 ナ 方 友		
四			友		

	부수: 曰	총획: 10		부수: 木	총획: 6
ㄱ ㅋ 聿 聿 書 書			十 オ 杁 机		
書			机		

	부수: 曰	총획: 10		부수: 石	총획: 12
ㄱ ㅋ 聿 聿 書 書			ノ 石 砂 砸 硯 硯		
書			硯		

	부수: 自	총획: 6		부수: 止	총획: 5
ノ 门 冃 白 自			一 丅 下 正 正		
自			正		

	부수: 八	총획: 8		부수: 面	총획: 9
一 十 廿 甘 其 其			一 丆 丏 而 面 面		
其			面		

裹 糧 以 送

쌀 **과** 양식 **량** 써 **이** 보낼 **송**

裹糧以送(과량이송) : 양식(학비)을 싸서 보내 주시면

勿 懶 讀 書

말 **물** 게으를 **라** 읽을 **독** 글 **서**

勿懶讀書(물라독서) : 독서하기를 게을리 하지 말라.

借 人 典 籍

빌릴 **차** 사람 **인** 책 **전** ★ 문서 **적**

借人典籍(차인전적) : 남에게 책을 빌렸을 때에는

勿 毀 必 完

말 **물** 헐 **훼** 반드시 **필** 온전할 **완**

勿毀必完(물훼필완) : 헐지 말고 반드시 온전히 해야 한다.

★ 典: 법 전

亠 市 亩 車 裏 裏 裏	부수: 衣	총획: 14	丷 爿 米 籵 糧 糧	부수: 米	총획: 18
裏			糧		

㇀ ㇏ ㇏ 以 以	부수: 人	총획: 5	八 亼 坐 坐 迸 送	부수: 辶(辵)	총획: 10
以			送		

ノ ク 勺 勿	부수: 勹	총획: 4	忄 忄 忙 忡 悚 懶 懶	부수: 忄(心)	총획: 19
勿			懶		

丶 訁 訁 訁 讀 讀	부수: 言	총획: 22	丁 丑 聿 聿 書 書	부수: 日	총획: 10
讀			書		

亻 亻 伊 供 借 借	부수: 亻(人)	총획: 10	ノ 人	부수: 人	총획: 2
借			人		

丶 口 曲 曲 典 典	부수: 八	총획: 8	丷 竹 箮 籍 籍 籍	부수: 竹	총획: 20
典			籍		

ノ ク 勺 勿	부수: 勹	총획: 4	丷 白 白 皇 皀 毀	부수: 殳	총획: 13
勿			毀		

丶 ソ 必 必 必	부수: 心	총획: 5	丶 宀 宁 宇 完	부수: 宀	총획: 7
必			完		

飽	食	暖	衣
배부를 **포**	먹을 **식**	따뜻할 **난**	입을 **의** ★

✎ 飽食暖衣(포식난의) : 배불리 먹고 따뜻이 입고

逸	居	無	敎
편할 **일** ★	살 **거**	없을 **무**	가르칠 **교**

✎ 逸居無敎(일거무교) : 편히 있으면서 가르침이 없으면

卽	近	禽	獸
곧 **즉**	가까울 **근**	날짐승 **금**	짐승 **수**

✎ 卽近禽獸(즉근금수) : 곧 금수에 가까워지니

聖	人	憂	之
성인 **성**	사람 **인**	근심 **우**	어조사 **지** ★

✎ 聖人憂之(성인우지) : 성인께서 이러한 것을 근심하셨다.

★ 衣 : 옷 의   逸 : 달아날 일   之 : 갈 지

	부수: 倉(食)	총획: 14		부수: 食	총획: 9
ク 争 食 飣 飽 飽			人 人 今 今 食 食		
飽			食		

	부수: 日	총획: 13		부수: 衣	총획: 6
日 旷 晔 晔 晙 暖			丶 亠 亠 产 衣 衣		
暖			衣		

	부수: 辶(辵)	총획: 12		부수: 尸	총획: 8
ク 乃 夕 兔 逸 逸			ㄱ 尸 尸 居 居 居		
逸			居		

	부수: 灬(火)	총획: 12		부수: 攵(攴)	총획: 11
ノ 仁 二 無 無 無			ノ メ 耂 孝 教 教		
無			教		

	부수: 卩	총획: 9		부수: 辶(辵)	총획: 8
亻 白 自 皀 皀 卽			ノ 厂 斤 斤 沂 近		
卽			近		

	부수: 内	총획: 13		부수: 犬	총획: 19
人 今 仐 舍 禽 禽			罒 맫 畾 嬲 獸 獸		
禽			獸		

	부수: 耳	총획: 13		부수: 人	총획: 2
耳 耳 耵 聑 聖 聖			ノ 人		
聖			人		

	부수: 心	총획: 15		부수: ノ	총획: 4
丆 酉 百 惪 夒 憂			丶 亠 亠 之		
憂			之		

제3장. 인성·도리편
人性·道理篇

부모와 자식은 친애함이 있고

어른과 아이는 차례가 있다

父 爲 子 綱

아버지 **부**   될 **위**   자식 **자** ★   벼리 **강**

✎ 父爲子綱(부위자강) : 부모는 자식의 벼리가 되고
(벼리: 그물의 위쪽 코를 꿰어 잡아당기는 줄. 근본.)

君 爲 臣 綱

임금 **군**   될 **위**   신하 **신**   벼리 **강**

✎ 君爲臣綱(군위신강) : 임금은 신하의 벼리가 되며

夫 爲 婦 綱

남편 **부**   될 **위**   아내 **부**   벼리 **강**

✎ 夫爲婦綱(부위부강) : 남편은 아내의 벼리가 되니

是 謂 三 綱

이 **시** ★   이를 **위**   석 **삼**   벼리 **강**

✎ 是謂三綱(시위삼강) : 이것을 삼강이라 이른다.

★ 子: 아들 자   是: 옳을 시

´ ` ⠆ 父	부수: 父	총획: 4	´ ⠆ ⠂ 戶 厛 爲	부수: 爪(爫)	총획: 12
父			爲		

⠂ 了 子	부수: 子	총획: 3	幺 糸 紉 綱 綱 綱	부수: 糸	총획: 14
子			綱		

⠂ ⠂ 尹 尹 君 君	부수: 口	총획: 7	´ ⠆ ⠂ 戶 厛 爲	부수: 爪(爫)	총획: 12
君			爲		

⠂ ⠂ 匸 臣 臣	부수: 臣	총획: 6	幺 糸 紉 綱 綱 綱	부수: 糸	총획: 14
臣			綱		

⠂ ⠂ 夫 夫	부수: 大	총획: 4	´ ⠆ ⠂ 戶 厛 爲	부수: 爪(爫)	총획: 12
夫			爲		

⠂ 女 妒 婦 婦	부수: 女	총획: 11	幺 糸 紉 綱 綱 綱	부수: 糸	총획: 14
婦			綱		

⠂ 冂 日 旦 是 是	부수: 日	총획: 9	⠂ 言 訶 謂 謂 謂	부수: 言	총획: 16
是			謂		

⠂ ⠂ 三	부수: 一	총획: 3	幺 糸 紉 綱 綱 綱	부수: 糸	총획: 14
三			綱		

父 子 有 親

아버지 **부**　　자식 **자** ★　　있을 **유**　　친할 **친**

父子有親(부자유친) : 부모와 자식은 친애함이 있고

君 臣 有 義

임금 **군**　　신하 **신**　　있을 **유**　　옳을 **의**

君臣有義(군신유의) : 임금과 신하는 의리가 있고

夫 婦 有 別

남편 **부**　　아내 **부**　　있을 **유**　　분별할 **별** ★

夫婦有別(부부유별) : 남편과 아내는 분별이 있고

長 幼 有 序

어른 **장** ★　　어릴 **유**　　있을 **유**　　차례 **서**

長幼有序(장유유서) : 어른과 아이는 차례가 있고

★ 子: 아들 자　別: 다를 별　長: 길 장

필순	부수	총획	글자
ノ ハ ク 父	부수: 父	총획: 4	父
フ 了 子	부수: 子	총획: 3	子
ノ ナ 才 有 有 有	부수: 月	총획: 6	有
立 辛 亲 亲 亲 親	부수: 見	총획: 16	親

필순	부수	총획	글자
フ ㅋ 尹 尹 君 君	부수: 口	총획: 7	君
一 丅 五 五 臣	부수: 臣	총획: 6	臣
ノ ナ 才 有 有 有	부수: 月	총획: 6	有
丶 丷 䒑 羊 芙 義	부수: 羊(羊)	총획: 13	義

필순	부수	총획	글자
一 二 夫 夫	부수: 大	총획: 4	夫
𡿨 女 女 妇 婦	부수: 女	총획: 11	婦
ノ ナ 才 有 有 有	부수: 月	총획: 6	有
丨 口 号 另 別 別	부수: 刂(刀)	총획: 7	別

필순	부수	총획	글자
一 F F 트 長 長	부수: 長	총획: 8	長
ㄥ 幺 幺 幻 幼 幼	부수: 幺	총획: 5	幼
ノ ナ 才 有 有 有	부수: 月	총획: 6	有
亠 广 户 序 序 序	부수: 广	총획: 7	序

朋 友 有 信

벗 **붕**　　벗 **우**　　있을 **유**　　믿을 **신**

朋友有信(붕우유신) : 벗과 벗 사이에는 믿음이 있으니

是 謂 五 倫

이 **시** ★　　이를 **위**　　다섯 **오**　　인륜 **륜**

是謂五倫(시위오륜) : 이것을 오륜이라 이른다.

孔 孟 之 道

성(姓) **공** ★　　성(姓) **맹** ★　　어조사 **지** ★　　도리 **도** ★

孔孟之道(공맹지도) : 공자와 맹자의 도리와

程 朱 之 學

성(姓) **정** ★　　성(姓) **주** ★　　어조사 **지** ★　　배울 **학**

程朱之學(정주지학) : 정자와 주자의 학문은

★是: 옳을 시　孔: 구멍 공　孟: 맏 맹　之: 갈 지　道: 길 도　程: 법 정　朱: 붉을 주

刀 月 朋 朋	부수: 月	총획: 8		一 ナ 方 友	부수: 又	총획: 4	
朋				友			
ノ ナ オ 有 有 有	부수: 月	총획: 6		亻 亻广 信 信 信	부수: 亻(人)	총획: 9	
有				信			

丨 冂 日 旦 早 是	부수: 日	총획: 9		言 言 訶 訶 謂 謂	부수: 言	총획: 16	
是				謂			
一 丁 五 五	부수: 二	총획: 4		亻 亻 伶 伶 倫	부수: 亻(人)	총획: 10	
五				倫			

了 子 孔	부수: 子	총획: 4		了 子 予 孟 孟 孟	부수: 子	총획: 8	
孔				孟			
丶 亠 之 之	부수: 丿	총획: 4		丷 䒑 芢 芢 首 道	부수: 辶(辵)	총획: 13	
之				道			

二 禾 和 稈 程	부수: 禾	총획: 12		丿 亇 二 牛 牛 朱	부수: 木	총획: 6	
程				朱			
丶 亠 之 之	부수: 丿	총획: 4		臼 臼 鉤 與 學	부수: 子	총획: 16	
之				學			

正 其 誼 而

바를 **정**　　그 **기**　　옳을 **의**　　말 이을 **이**

✎ 正其誼而(정기의이) : 그 의리(義理)를 바르게 하고서

不 謀 其 利

아니 **불**　　꾀할 **모**　　그 **기**　　이로울 **리** ★

✎ 不謀其利(불모기리) : 그 이익을 꾀하지 아니하고

明 其 道 而

밝을 **명**　　그 **기**　　도리 **도** ★　　말 이을 **이**

✎ 明其道而(명기도이) : 그 도리를 밝히고서

不 計 其 功

아니 **불**　　셈할 **계**　　그 **기**　　공 **공**

✎ 不計其功(불계기공) : 그 효과를 헤아리지 않는다.

★ 利: 날카로울 리　　道: 길 도

一丁下正正	부수: 止	총획: 5	一十廿甘其其	부수: 八	총획: 8
正			其		

言言訃訐誼誼	부수: 言	총획: 15	一ナ丌而而而	부수: 而	총획: 6
誼			而		

一フォ不	부수: 一	총획: 4	言言計計計謀謀	부수: 言	총획: 16
不			謀		

一十廿甘其其	부수: 八	총획: 8	一二千禾利利	부수: 刂(刀)	총획: 7
其			利		

丨冂日日明明	부수: 日	총획: 8	一十廿甘其其	부수: 八	총획: 8
明			其		

丷丷丷首首道	부수: 辶(辵)	총획: 13	一ナ丌而而而	부수: 而	총획: 6
道			而		

一フォ不	부수: 一	총획: 4	丶二言言計	부수: 言	총획: 9
不			計		

一十廿甘其其	부수: 八	총획: 8	一丁工功功	부수: 力	총획: 5
其			功		

元 亨 利 貞

으뜸 **원** 형통할 **형** 이로울 **리** ★ 곧을 **정**

元亨利貞(원형이정) : 원형이정은 ('元'은 봄으로 만물의 시초, '亨'은 여름으로 만물이 자라고, '利'는 가을로 만물이 이루어지고, '貞'은 겨울로 만물을 거둠을 뜻함.)

天 道 之 常

하늘 **천** 도리 **도** ★ 어조사 **지** ★ 떳떳할 **상** ★

天道之常(천도지상) : 천도(하늘의 도리)의 떳떳함이요.

仁 義 禮 智

어질 **인** 옳을 **의** 예도 **례** 지혜 **지**

仁義禮智(인의예지) : 인의예지는

人 性 之 綱

사람 **인** 성품 **성** 어조사 **지** ★ 벼리 **강**

人性之綱(인성지강) : 인간 성품의 벼리(근본)가 된다.

★ 利 : 날카로울 리   道 : 길 도   之 : 갈 지   常 : 항상 상

一二テ元	부수: 儿	총획: 4	一亠古宫亨	부수: 亠	총획: 7
元			亨		

一二禾利利	부수: 刂(刀)	총획: 7	卜广广貞貞貞	부수: 貝	총획: 9
利			貞		

一二于天	부수: 大	총획: 4	丷丷丷芮首道	부수: 辶(辵)	총획: 13
天			道		

、、ソ之	부수: 丿	총획: 4	丷丷尚常常	부수: 巾	총획: 11
之			常		

亻亻仁	부수: 亻(人)	총획: 4	丷丷丷半義義	부수: 羊(羊)	총획: 13
仁			義		

二テ和和神禮禮	부수: 示	총획: 18	丷矢知智智	부수: 日	총획: 12
禮			智		

丿人	부수: 人	총획: 2	丷忄忄忄性性	부수: 忄(心)	총획: 8
人			性		

、、ソ之	부수: 丿	총획: 4	纟糸糹網網綱	부수: 糸	총획: 14
之			綱		

起 居 坐 立

일어날 **기**   살 **거**   앉을 **좌**   설 **립**

起居坐立(기거좌립) : 일어서고 머물며 앉고 서는 것이

行 動 擧 止

행할 **행**   움직일 **동**   들 **거**   그칠 **지**

行動擧止(행동거지) : 행동거지이며

禮 義 廉 恥

예도 **례**   옳을 **의**   청렴할 **렴**   부끄러워할 **치**

禮義廉恥(예의염치) : 예절과 의리와 청렴과 염치이니

是 謂 四 維

이 **시** ★   이를 **위**   넉 **사**   벼리 **유**

是謂四維(시위사유) : 이것을 사유(나라를 유지함에 최소한 필요한 네 가지 수칙) 라 한다.

★ 是 : 옳을 시

土 キ 丰 走 起 起	부수: 走	총획: 10	ㄱ 尸 尸 屃 屆 居	부수: 尸	총획: 8
起			居		
丿 人 从 丛 坐 坐	부수: 土	총획: 7	丶 亠 亠 亣 立	부수: 立	총획: 5
坐			立		

丿 彳 彳 彳 行 行	부수: 行	총획: 6	一 台 重 重 動 動	부수: 力	총획: 11
行			動		
亻 ⺊ 甶 與 與 擧	부수: 手	총획: 18	丨 卜 卜 止	부수: 止	총획: 4
擧			止		

亍 示 礻 礻 禮 禮 禮	부수: 示	총획: 18	丷 丷 兰 羊 義 義	부수: 王(羊)	총획: 13
禮			義		
一 广 庐 庿 廉 廉	부수: 广	총획: 13	厂 E 耳 耻 恥	부수: 心	총획: 10
廉			恥		

丨 冂 日 旦 早 是	부수: 日	총획: 9	言 言 訂 謂 謂 謂	부수: 言	총획: 16
是			謂		
丨 冂 冂 四 四	부수: 口	총획: 5	纟 糸 糹 紒 維 維	부수: 糸	총획: 14
四			維		

天 開 於 子

하늘 **천**　　　열 **개**　　　어조사 **어**　　　첫째지지 **자** ★

✏️ **天開於子**(천개어자) : 하늘은 자방(子方)에서 열렸고

地 闢 於 丑

땅 **지**　　　열 **벽**　　　어조사 **어**　　　둘째지지 **축** ★

✏️ **地闢於丑**(지벽어축) : 땅은 축방(丑方)에서 열렸고

人 生 於 寅

사람 **인**　　　날 **생**　　　어조사 **어**　　　셋째지지 **인** ★

✏️ **人生於寅**(인생어인) : 사람은 인방(寅方)에서 태어났으니

是 謂 太 古

이 **시** ★　　　이를 **위**　　　클 **태**　　　옛 **고**

✏️ **是謂太古**(시위태고) : 이를 태고라 이른다.

★ **子** : 아들 자　　**丑** : 소 축　　**寅** : 범 인　　**是** : 옳을 시

一二チ天	부수: 大	총획: 4
天		

一ゥ方か於於	부수: 方	총획: 8
於		

亅𠃌門門閅開	부수: 門	총획: 12
開		

了了子	부수: 子	총획: 3
子		

一十圤地地	부수: 土	총획: 6
地		

一ゥ方か於於	부수: 方	총획: 8
於		

門門門鬥鬭鬭	부수: 門	총획: 21
鬭		

丁刀丑丑	부수: 一	총획: 4
丑		

丿人	부수: 人	총획: 2
人		

一ゥ方か於於	부수: 方	총획: 8
於		

丿丿牛生	부수: 生	총획: 5
生		

宀宀宁审审寅	부수: 宀	총획: 11
寅		

一口日므旱是	부수: 日	총획: 9
是		

一ナ大太	부수: 大	총획: 4
太		

言言訂詛謂謂	부수: 言	총획: 16
謂		

一十古古古	부수: 口	총획: 5
古		

제4장. 형제우애편
兄弟友愛篇

형제간에는

우애가 있어야 한다

兄 有 過 失

맏 **형**　　　있을 **유**　　　허물 **과** ★　　　잃을 **실**

✎ 兄有過失(형유과실) : 형에게 과실(잘못)이 있으면

和 氣 以 諫

화할 **화**　　　기운 **기**　　　써 **이**　　　간할 **간**

✎ 和氣以諫(화기이간) : 화목한 기운으로 간할 것이며

弟 有 過 誤

아우 **제**　　　있을 **유**　　　허물 **과** ★　　　그릇될 **오**

✎ 弟有過誤(제유과오) : 동생에게 과오가 있으면

怡 聲 以 訓

화할 **이**　　　소리 **성**　　　써 **이**　　　가르칠 **훈**

✎ 怡聲以訓(이성이훈) : 온화한 소리로 훈계해야 한다.

★ 過 : 지날 과

丨 口 ㅁ 尸 兄	부수: 儿	총획: 5	丿 ナ 才 有 有 有	부수: 月	총획: 6
兄			有		

丨 口 ㅁ 丹 咼 過	부수: 辶(辵)	총획: 13	丿 ㅗ 生 失	부수: 大	총획: 5
過			失		

丿 二 千 禾 禾 和	부수: 口	총획: 8	丿 ㄷ 气 气 氛 氣	부수: 气	총획: 10
和			氣		

丨 レ 以 以	부수: 人	총획: 5	言 言 訂 諫 諫 諫	부수: 言	총획: 16
以			諫		

丷 屵 屵 弟 弟	부수: 弓	총획: 7	丿 ナ 才 有 有 有	부수: 月	총획: 6
弟			有		

丨 口 ㅁ 丹 咼 過	부수: 辶(辵)	총획: 13	言 言 訂 誤 誤 誤	부수: 言	총획: 14
過			誤		

丶 忄 忄 忄 怡 怡	부수: 忄(心)	총획: 8	士 声 声 殸 聲	부수: 耳	총획: 17
怡			聲		

丨 レ 以 以	부수: 人	총획: 5	丶 言 訓 訓 訓	부수: 言	총획: 10
以			訓		

兄 無 衣 服

만 **형**　　　없을 **무**　　　옷 **의**　　　옷 **복**

兄無衣服(형무의복) : 형이 의복이 없으면

弟 必 獻 之

아우 **제**　　　반드시 **필**　　　드릴 **헌**　　　어조사 **지** ★

弟必獻之(제필헌지) : 동생은 반드시 드려야 하고

弟 無 飮 食

아우 **제**　　　없을 **무**　　　마실 **음**　　　먹을 **식**

弟無飮食(제무음식) : 동생이 먹을 것이 없으면

兄 必 與 之

만 **형**　　　반드시 **필**　　　줄 **여** ★　　　어조사 **지** ★

兄必與之(형필여지) : 형은 반드시 주어야 한다.

★ 之: 갈 지　　與: 더불 여

丿丨口尸兄	부수: 儿	총획: 5	丿丿𠂉無無無	부수: 灬(火)	총획: 12
兄			無		

丶亠ナ衣衣衣	부수: 衣	총획: 6	丿月𦙶𦙶服服	부수: 月	총획: 8
衣			服		

丷丷丷弟弟	부수: 弓	총획: 7	丶丷必必必	부수: 心	총획: 5
弟			必		

上卢虍虏虏獻獻	부수: 犬	총획: 20	丶亠之之	부수: 丿	총획: 4
獻			之		

丷丷丷弟弟	부수: 弓	총획: 7	丿丿𠂉無無無	부수: 灬(火)	총획: 12
弟			無		

人仒令食飮飮	부수: 𠉂(食)	총획: 13	人人今令食食	부수: 食	총획: 9
飮			食		

丿丨口尸兄	부수: 儿	총획: 5	丶丷必必必	부수: 心	총획: 5
兄			必		

丿𦥯𦥯與與	부수: 臼(臼)	총획: 14	丶亠之之	부수: 丿	총획: 4
與			之		

一	粒	之	穀
한 **일**	낟알 **립**	어조사 **지** ★	곡식 **곡**

一粒之穀(일립지곡) : 한 알의 곡식이라도

必	分	以	食
반드시 **필**	나눌 **분**	써 **이**	먹을 **식**

必分以食(필분이식) : 반드시 나누어서 먹으며

一	縷	之	衣
한 **일**	실 **루**	어조사 **지** ★	옷 **의**

一縷之衣(일루지의) : 한 올의 옷이라도

必	分	以	衣
반드시 **필**	나눌 **분**	써 **이**	입을 **의** ★

必分以衣(필분이의) : 반드시 나누어서 입어라.

★ 之 : 갈 지   衣 : 옷 의

	부수: 一	총획: 1	゛゛半半粒粒	부수: 米	총획: 11
一			粒		

゛亠ラ之	부수: ノ	총획: 4	土吉吉壹壹穀穀	부수: 禾	총획: 15
之			穀		

゛ソ必必必	부수: 心	총획: 5	ノ八分分	부수: 刀	총획: 4
必			分		

レレ以以	부수: 人	총획: 5	人人今今食食	부수: 食	총획: 9
以			食		

	부수: 一	총획: 1	幺糸糸細綟縷縷	부수: 糸	총획: 17
一			縷		

゛亠ラ之	부수: ノ	총획: 4	゛亠ラ礻衣衣	부수: 衣	총획: 6
之			衣		

゛ソ必必必	부수: 心	총획: 5	ノ八分分	부수: 刀	총획: 4
必			分		

レレ以以	부수: 人	총획: 5	゛亠ラ礻衣衣	부수: 衣	총획: 6
以			衣		

兄	飢	弟	飽
맏 **형**	굶주릴 **기**	아우 **제**	배부를 **포**

 兄飢弟飽(형기제포) : 형은 굶주리는데 동생만 배부름은

禽	獸	之	遂
날짐승 **금**	짐승 **수**	어조사 **지** ★	따를 **수**

 禽獸之遂(금수지수) : 금수가 되는 것이요

兄	弟	之	情
맏 **형**	아우 **제**	어조사 **지** ★	뜻 **정**

 兄弟之情(형제지정) : 형제간의 마음은

友	愛	而	已
우애 **우** ★	사랑 **애**	말 이을 **이**	따름 **이** ★

友愛而已(우애이이) : 우애로워야 할 따름이다.

★之:갈 지   友:벗 우   已:이미 이

ㅣ ㅁ ㅁ ㄕ 兄	부수: 儿	총획: 5	ㅅ 今 會 會 飢	부수: 飠(食)	총획: 11
兄			飢		

ㅛ ㅛ ㅛ 弟 弟	부수: 弓	총획: 7	ㅅ 會 會 飽 飽 飽	부수: 飠(食)	총획: 14
弟			飽		

ㅅ 今 食 食 禽 禽	부수: 内	총획: 13	ㅁㅁ 單 單 獸 獸	부수: 犬	총획: 19
禽			獸		

㇏ ㅗ ㅗ 之	부수: ㇒	총획: 4	ㅛ 宀 豸 家 豖 遂	부수: 辶(辵)	총획: 13
之			遂		

ㅣ ㅁ ㅁ ㄕ 兄	부수: 儿	총획: 5	ㅛ ㅛ ㅛ 弟 弟	부수: 弓	총획: 7
兄			弟		

㇏ ㅗ ㅗ 之	부수: ㇒	총획: 4	ㅛ 忄 忄 情 情	부수: 忄(心)	총획: 11
之			情		

ㅡ ㅈ 方 友	부수: 又	총획: 4	ㅛ ㅛ ㅉ 感 愛 愛	부수: 心	총획: 13
友			愛		

ㅡ ㅜ 厂 而 而 而	부수: 而	총획: 6	ㄱ ㄱ 已	부수: 己	총획: 3
而			已		

父	義	母	慈
아버지 **부**	옳을 **의**	어미 **모**	사랑 **자**

✎ **父義母慈**(부의모자) : 아버지는 의롭고 어머니는 자애롭고

兄	友	弟	恭
맏 **형**	우애 **우** ★	아우 **제**	공손할 **공**

✎ **兄友弟恭**(형우제공) : 형은 우애하고 동생은 공손하며

愛	親	敬	兄
사랑 **애**	어버이 **친** ★	공경 **경**	맏 **형**

✎ **愛親敬兄**(애친경형) : 어버이를 사랑하고 형을 공경함은

良	知	良	能
어질 **량**	알 **지**	어질 **량**	능할 **능**

✎ **良知良能**(양지양능) : 저절로 알 수 있고 저절로 잘 할 수 있다.

★ 友 : 우애 우   親 : 친할 친

′ ′′ ′′ 父	부수: 父	총획: 4
父		

一 ′′′ ′′ 羊 義	부수: 羊(羊)	총획: 13
義		

㇖ 口 口 母 母	부수: 母	총획: 5
母		

′′′ ′′ 玆 慈 慈	부수: 心	총획: 13
慈		

′ ′′ 口 尸 兄	부수: 儿	총획: 5
兄		

一 ナ 方 友	부수: 又	총획: 4
友		

′′ ′′ 当 弟 弟	부수: 弓	총획: 7
弟		

廿 共 共 恭 恭 恭	부수: 小(心)	총획: 10
恭		

′ ′′ ′′ 爱 爱 愛	부수: 心	총획: 13
愛		

立 辛 亲 新 親 親	부수: 見	총획: 16
親		

′′ 廿 芍 苟 敬	부수: 攵(攴)	총획: 13
敬		

′ ′′ 口 尸 兄	부수: 儿	총획: 5
兄		

′ ㇕ ㇕ 臼 良 良	부수: 艮	총획: 7
良		

′ ′′ ′′ 矢 知 知	부수: 矢	총획: 8
知		

′ ㇕ ㇕ 臼 良 良	부수: 艮	총획: 7
良		

′′ ′′ ′′ 自 能 能	부수: 月(肉)	총획: 10
能		

제5장. 부도편
婦道篇

여자에게는 네 가지 명예가 있으니

덕과 용모와 말씨와 솜씨이다

男 女 有 別

사내 **남**　　계집 **녀**　　있을 **유**　　분별할 **별** ★

男女有別(남녀유별) : 남녀는 분별이 있어야 하고

夫 婦 有 恩

남편 **부**　　아내 **부**　　있을 **유**　　은혜 **은**

夫婦有恩(부부유은) : 부부는 은애(사랑함)가 있어야 한다.

夫 道 剛 直

남편 **부**　　도리 **도** ★　　굳셀 **강**　　곧을 **직**

夫道剛直(부도강직) : 남편의 도리는 강직해야 하고

婦 德 柔 順

아내 **부**　　덕 **덕**　　부드러울 **유**　　순할 **순**

婦德柔順(부덕유순) : 아내의 덕은 유순해야 한다.

★ 別: 다를 별　道: 길 도

冂口田田罘男	부수: 田	총획: 7	〈女女	부수: 女	총획: 3
男			女		

ノナオ有有有	부수: 月	총획: 6	丶冂号另別別	부수: 刂(刀)	총획: 7
有			別		

一二𫝀夫	부수: 大	총획: 4	〈女奴婦婦婦	부수: 女	총획: 11
夫			婦		

ノナオ有有有	부수: 月	총획: 6	冂冈因因恩恩	부수: 心	총획: 10
有			恩		

一二𫝀夫	부수: 大	총획: 4	丷䒑艻首道	부수: 辶(辵)	총획: 13
夫			道		

冂冂冎冈岡剛	부수: 刂(刀)	총획: 10	一十十古直直	부수: 目	총획: 8
剛			直		

〈女奴婦婦婦	부수: 女	총획: 11	ノ彳彳徝德德	부수: 彳	총획: 15
婦			德		

ァヱ予矛柔柔	부수: 木	총획: 9	ノ丿川川顺順	부수: 頁	총획: 12
柔			順		

在 家 從 父

있을 **재**   집 **가**   따를 **종**   아버지 **부**

✎ **在家從父**(재가종부) : 집에 있을 때에는 아버지를 따르고

適 人 從 夫

시집갈 **적** ★   사람 **인**   따를 **종**   남편 **부**

✎ **適人從夫**(적인종부) : 남에게 시집가서는 남편을 따르고

夫 死 從 子

남편 **부**   죽을 **사**   따를 **종**   자식 **자** ★

✎ **夫死從子**(부사종자) : 남편이 죽으면 자식을 따라야 하니

是 謂 三 從

이 **시** ★   이를 **위**   석 **삼**   따를 **종**

✎ **是謂三從**(시위삼종) : 이것을 삼종지도라 이른다.

★ **適**: 맞을 적   **子**: 아들 자   **是**: 옳을 시

一ナオ在存在	부수: 土	총획: 6	宀宀字家家	부수: 宀	총획: 10
在			家		

彳彳彳彳彿從	부수: 彳	총획: 11	八分父	부수: 父	총획: 4
從			父		

宀产商商適	부수: 辶(辵)	총획: 15	丿人	부수: 人	총획: 2
適			人		

彳彳彳彳彿從	부수: 彳	총획: 11	一二夫夫	부수: 大	총획: 4
從			夫		

一二夫夫	부수: 大	총획: 4	一厂歹歹歹死	부수: 歹	총획: 6
夫			死		

彳彳彳彳彿從	부수: 彳	총획: 11	了子	부수: 子	총획: 3
從			子		

一口日早是是	부수: 日	총획: 9	言訂謂謂謂	부수: 言	총획: 16
是			謂		

一二三	부수: 一	총획: 3	彳彳彳彳彿從	부수: 彳	총획: 11
三			從		

男 有 四 德

사내 **남**　　있을 **유**　　넉 **사**　　덕 **덕**

 **男有四德(남유사덕)** : 남자에게는 네 가지 덕이 있으니

身 言 書 判

몸 **신**　　말씀 **언**　　글 **서**　　판단할 **판**

 **身言書判(신언서판)** : 몸(체모), 언변, 문필, 판단력이다.

女 有 四 譽

계집 **녀**　　있을 **유**　　넉 **사**　　명예 **예** ★

 **女有四譽(여유사예)** : 여자에게는 네 가지 명예가 있으니

德 容 言 工

덕 **덕**　　얼굴 **용**　　말씀 **언**　　장인 **공**

 **德容言工(덕용언공)** : 덕과 용모와 말씨와 솜씨이다.

★ 譽: 기릴 예

	부수: 田	총획: 7		부수: 月	총획: 6
男			有		

	부수: 口	총획: 5		부수: 彳	총획: 15
四			德		

	부수: 身	총획: 7		부수: 言	총획: 7
身			言		

	부수: 曰	총획: 10		부수: 刂(刀)	총획: 7
書			判		

	부수: 女	총획: 3		부수: 月	총획: 6
女			有		

	부수: 口	총획: 5		부수: 言	총획: 21
四			譽		

	부수: 彳	총획: 15		부수: 宀	총획: 10
德			容		

	부수: 言	총획: 7		부수: 工	총획: 3
言			工		

제6장. 수신·처세편
修身·處世篇

예가 아니거든

보지도 듣지도 말하지도

움직이지도 말라

勿　立　門　中

말 **물**　　설 **립**　　문 **문**　　가운데 **중**

✎ 勿立門中(물립문중) : 문 가운데에 서지 말고

勿　坐　房　中

말 **물**　　앉을 **좌**　　방 **방**　　가운데 **중**

✎ 勿坐房中(물좌방중) : 방 한가운데에 앉지 말라.

行　勿　慢　步

행할 **행**　　말 **물**　　거만할 **만**　　걸을 **보**

✎ 行勿慢步(행물만보) : 걸어갈 때에는 걸음을 거만하게 하지 말고

坐　勿　倚　身

앉을 **좌**　　말 **물**　　기댈 **의**　　몸 **신**

✎ 坐勿倚身(좌물의신) : 앉을 때에는 몸을 기대지 말라.

	부수: 勹	총획: 4		부수: 立	총획: 5
勿			立		

	부수: 門	총획: 8		부수: 丨	총획: 4
門			中		

	부수: 勹	총획: 4		부수: 土	총획: 7
勿			坐		

	부수: 戶	총획: 8		부수: 丨	총획: 4
房			中		

	부수: 行	총획: 6		부수: 勹	총획: 4
行			勿		

	부수: 忄(心)	총획: 14		부수: 止	총획: 7
慢			步		

	부수: 土	총획: 7		부수: 勹	총획: 4
坐			勿		

	부수: 亻(人)	총획: 10		부수: 身	총획: 7
倚			身		

寢　則　連　衾

잘 **침**　　곧 **즉** ★　　잇닿을 **련**　　이불 **금**

寢則連衾(침즉연금) : 잠을 잘 때에는 이불을 함께 덮고

食　則　同　案

먹을 **식**　　곧 **즉** ★　　함께 **동**　　책상 **안**

食則同案(식즉동안) : 음식을 먹을 때에는 밥상을 함께 하며

居　處　靖　靜

살 **거**　　곳 **처**　　편안할 **정**　　고요할 **정**

居處靖靜(거처정정) : 거처는 편안하고 고요한 곳에 하고

步　履　安　詳

걸음 **보**　　밟을 **리** ★　　편안할 **안**　　자세할 **상**

步履安詳(보리안상) : 걸음걸이는 편안하고 침착하게 하라.

★ 則: 법칙 칙　履: 신 리

宀 宁 宇 宾 寝 寝	부수: 宀	총획: 14	丨 冂 目 貝 則 則	부수: 刂(刀)	총획: 9
寝			則		

一 丆 币 車 連	부수: 辶(辵)	총획: 11	入 今 仒 仒 袞 袞	부수: 衣	총획: 10
連			袞		

入 스 今 仒 食 食	부수: 食	총획: 9	丨 冂 目 貝 則 則	부수: 刂(刀)	총획: 9
食			則		

丨 冂 月 同 同	부수: 口	총획: 6	宀 宂 安 安 宰 案	부수: 木	총획: 10
同			案		

丁 尸 尸 居 居 居	부수: 尸	총획: 8	上 虍 广 虍 虜 處	부수: 虍	총획: 11
居			處		

立 立 讠 靖 靖 靖	부수: 靑	총획: 13	二 靑 靑 靜 靜 靜	부수: 靑	총획: 16
靖			靜		

丨 止 此 步 步	부수: 止	총획: 7	丁 尸 屖 屧 屧 履	부수: 尸	총획: 15
步			履		

丶 宀 宂 安 安	부수: 宀	총획: 6	言 言 言 詳 詳	부수: 言	총획: 13
安			詳		

寒　不　敢　襲

찰 **한**　　아니 **불**　　감히 **감**　　껴입을 **습** ★

寒不敢襲(한불감습) : 춥다고 하여 감히 껴입지 말고

暑　勿　褰　裳

더울 **서**　　말 **물**　　걷어 올릴 **건**　　치마 **상**

暑勿褰裳(서물건상) : 덥다고 하여 치마(바지)를 걷지 말라.

衣　冠　肅　整

옷 **의**　　갓 **관**　　엄숙할 **숙**　　가지런할 **정**

衣冠肅整(의관숙정) : 의복과 갓은 가지런하게 하며

容　貌　端　莊

모양 **용**　　모양 **모**　　단정할 **단**　　단정할 **장** ★

容貌端莊(용모단장) : 용모는 단정하게 하라.

★ 襲: 엄습할 습　莊: 씩씩할 장

宀宀宀宦寒寒	부수: 宀	총획: 12
寒		

一ブ不不	부수: 一	총획: 4
不		

下下百百耵敢敢	부수: 攵(攴)	총획: 12
敢		

音音龍龍襲襲	부수: 衣	총획: 22
襲		

日旦�ދ暑暑	부수: 日	총획: 13
暑		

ノク勹勿	부수: 勹	총획: 4
勿		

宀审実寒寒褰	부수: 衣	총획: 16
褰		

丨业业尚堂堂裳	부수: 衣	총획: 14
裳		

一亠衣衣衣	부수: 衣	총획: 6
衣		

一冖冗冠冠	부수: 冖	총획: 9
冠		

肀肀肀肀肃肃肃	부수: 聿	총획: 13
肅		

曰束敕敕整整	부수: 攵(攴)	총획: 16
整		

宀宀灾容容	부수: 宀	총획: 10
容		

乛孑豸豹貌貌	부수: 豸	총획: 14
貌		

立立꟦꟦端端	부수: 立	총획: 14
端		

一十丗莊莊莊	부수: 艹(艸)	총획: 11
莊		

常 德 固 持

떳떳할 **상** ★　　　덕 **덕**　　　굳을 **고**　　　가질 **지**

常德固持(상덕고지) : 떳떳한 덕을 굳게 지키고

然 諾 重 應

그럴 **연**　　　허락할 **낙**　　　무거울 **중**　　　응할 **응**

然諾重應(연낙중응) : 승낙할 때에는 신중히 대답하라.

飮 食 愼 節

마실 **음**　　　먹을 **식**　　　삼갈 **신**　　　절제할 **절** ★

飮食愼節(음식신절) : 음식은 삼가고 절제하며

居 處 必 恭

살 **거**　　　곳 **처**　　　반드시 **필**　　　공손할 **공**

居處必恭(거처필공) : 거처는 반드시 공손하게 하라.

★ 常: 항상 상　　節: 마디 절

⺌⺌常常常常	부수: 巾	총획: 11	⺅彳彳徳徳徳	부수: 彳	총획: 15
常			德		

丨冂冂冃冑固	부수: 口	총획: 8	一扌扩扩持持	부수: 扌(手)	총획: 9
固			持		

丿夕夕狹狹然	부수: 灬(火)	총획: 12	二言訮訮誹諾	부수: 言	총획: 16
然			諾		

一二台台旨重	부수: 里	총획: 9	亠广广府雁應	부수: 心	총획: 17
重			應		

人夕夕𩙿飮飮	부수: 𩙿(食)	총획: 13	人人今今食食	부수: 食	총획: 9
飮			食		

丶忄怊怊愼愼	부수: 忄(心)	총획: 13	丿ケ竻笡箔節	부수: 竹	총획: 15
愼			節		

𠃌尸尸屄屄居	부수: 尸	총획: 8	上广广虍虍處	부수: 虍	총획: 11
居			處		

丶丿必必必	부수: 心	총획: 5	艹芏共恭恭恭	부수: 忄(心)	총획: 10
必			恭		

言 必 忠 信

말씀 **언**　　반드시 **필**　　충성 **충**　　믿을 **신**

言必忠信(언필충신) : 말은 반드시 마음을 다하고 진실하게 하며

行 必 正 直

행할 **행**　　반드시 **필**　　바를 **정**　　곧을 **직**

行必正直(행필정직) : 행실은 반드시 올바르고 곧게 하라.

出 言 顧 行

날 **출**　　말씀 **언**　　돌아볼 **고**　　행할 **행**

出言顧行(출언고행) : 말을 할 때에는 행할 것을 돌아보고

作 事 謀 始

지을 **작**　　일 **사**　　꾀할 **모**　　처음 **시**

作事謀始(작사모시) : 일을 할 때에는 시작부터 계획하라.

`一二言言言	부수: 言	총획: 7	`ソ必必必	부수: 心	총획: 5
言			必		

`丨口口中忠忠	부수: 心	총획: 8	亻亻亼信信信	부수: 亻(人)	총획: 9
忠			信		

`ノ彳彳行行	부수: 行	총획: 6	`ソ必必必	부수: 心	총획: 5
行			必		

一丁下正正	부수: 止	총획: 5	一十十古直直	부수: 目	총획: 8
正			直		

丨屮中出出	부수: 凵	총획: 5	`一二言言言	부수: 言	총획: 7
出			言		

`尸雇雇顧顧	부수: 頁	총획: 21	`ノ彳彳行行	부수: 行	총획: 6
顧			行		

ノ亻亻竹作作	부수: 亻(人)	총획: 7	一口写写事	부수: 亅	총획: 8
作			事		

訁言計計謀謀	부수: 言	총획: 16	乄女如如始始	부수: 女	총획: 8
謀			始		

口　勿　雜　談

입 **구**　　말 **물**　　섞일 **잡**　　말씀 **담**

口勿雜談(구물잡담) : 입으로는 잡담을 하지 말며

手　勿　雜　戲

손 **수**　　말 **물**　　섞일 **잡**　　희롱할 **희**

手勿雜戲(수물잡희) : 손으로는 장난을 하지 말라.

出　入　門　戶

날 **출**　　들 **입**　　문 **문**　　문 **호**

出入門戶(출입문호) : 문호를 출입할 때에는

開　閉　必　恭

열 **개**　　닫을 **폐**　　반드시 **필**　　공손할 **공**

開閉必恭(개폐필공) : 열고 닫기를 반드시 공손히 하라.

	부수: 口	총획: 3		부수: 勹	총획: 4
口			勿		
森 剎 雜 雜	부수: 隹	총획: 18	言 言 談 談	부수: 言	총획: 15
雜			談		

	부수: 手	총획: 4		부수: 勹	총획: 4
手			勿		
森 剎 雜 雜	부수: 隹	총획: 18	虍 虛 虛 戲 戲 戲	부수: 戈	총획: 16
雜			戲		

	부수: 凵	총획: 5		부수: 入	총획: 2
出			入		
門 門 門	부수: 門	총획: 8	戶	부수: 戶	총획: 4
門			戶		

	부수: 門	총획: 12		부수: 門	총획: 11
開			閉		
必 必 必	부수: 心	총획: 5	共 恭 恭 恭	부수: 忄(心)	총획: 10
必			恭		

非 禮 勿 視

아닐 **비**   예도 **례**   말 **물**   볼 **시**

非禮勿視(비례물시) : 예가 아니거든 보지 말며

非 禮 勿 聽

아닐 **비**   예도 **례**   말 **물**   들을 **청**

非禮勿聽(비례물청) : 예가 아니거든 듣지 말고

非 禮 勿 言

아닐 **비**   예도 **례**   말 **물**   말씀 **언**

非禮勿言(비례물언) : 예가 아니거든 말하지 말고

非 禮 勿 動

아닐 **비**   예도 **례**   말 **물**   움직일 **동**

非禮勿動(비례물동) : 예가 아니거든 움직이지 말라.

ノ ナ ナ 丰 非 非	부수: 非	총획: 8	二 示 剂 相 禮 禮 禮	부수: 示	총획: 18
非			禮		
ノ 勹 勺 勿	부수: 勹	총획: 4	二 千 亦 剂 視 視	부수: 見	총획: 12
勿			視		

ノ ナ ナ 丰 非 非	부수: 非	총획: 8	二 示 剂 相 禮 禮 禮	부수: 示	총획: 18
非			禮		
ノ 勹 勺 勿	부수: 勹	총획: 4	耳 耵 耵 舯 聽 聽	부수: 耳	총획: 22
勿			聽		

ノ ナ ナ 丰 非 非	부수: 非	총획: 8	二 示 剂 相 禮 禮 禮	부수: 示	총획: 18
非			禮		
ノ 勹 勺 勿	부수: 勹	총획: 4	丶 宀 宀 言 言 言	부수: 言	총획: 7
勿			言		

ノ ナ ナ 丰 非 非	부수: 非	총획: 8	二 示 剂 相 禮 禮 禮	부수: 示	총획: 18
非			禮		
ノ 勹 勺 勿	부수: 勹	총획: 4	一 宀 盲 重 重 動 動	부수: 力	총획: 11
勿			動		

視	思	必	明
볼 **시**	생각 **사**	반드시 **필**	밝을 **명**

 **視思必明**(시사필명) : 볼 때에는 반드시 분명히 볼 것을 생각하고

聽	思	必	聰
들을 **청**	생각 **사**	반드시 **필**	귀 밝을 **총**

聽思必聰(청사필총) : 들을 때에는 반드시 정확히 들을 것을 생각하고

色	思	必	溫
빛 **색**	생각 **사**	반드시 **필**	따뜻할 **온**

 **色思必溫**(색사필온) : 얼굴빛은 반드시 온화하기를 생각하고

貌	思	必	恭
모양 **모**	생각 **사**	반드시 **필**	공손할 **공**

貌思必恭(모사필공) : 태도는 반드시 공손하기를 생각하고

	부수: 見	총획: 12		부수: 心	총획: 9
二 于 禾 初 視 視			口 田 田 思 思		
視			思		

	부수: 心	총획: 5		부수: 日	총획: 8
、 ソ 必 必 必			1 П 日 旳 明 明		
必			明		

	부수: 耳	총획: 22		부수: 心	총획: 9
耳 耳 聖 聽 聽			口 田 田 思 思		
聽			思		

	부수: 心	총획: 5		부수: 耳	총획: 17
、 ソ 必 必 必			厂 王 耳 聊 聰 聰		
必			聰		

	부수: 色	총획: 6		부수: 心	총획: 9
ノ ク 夕 各 色 色			口 田 田 思 思		
色			思		

	부수: 心	총획: 5		부수: 氵(水)	총획: 13
、 ソ 必 必 必			氵 汩 泗 渭 溫		
必			溫		

	부수: 豸	총획: 14		부수: 心	총획: 9
乊 孚 豸 豹 豹 貌			口 田 田 思 思		
貌			思		

	부수: 心	총획: 5		부수: 忄(心)	총획: 10
、 ソ 必 必 必			廿 共 共 恭 恭		
必			恭		

言　思　必　忠

말씀 **언**　　생각 **사**　　반드시 **필**　　충성 **충**

 **言思必忠**(언사필충) : 말은 반드시 마음을 다할 것을 생각하고

事　思　必　敬

일 **사**　　생각 **사**　　반드시 **필**　　공경할 **경**

 **事思必敬**(사사필경) : 일은 반드시 집중할 것을 생각하고

疑　思　必　問

의심할 **의**　　생각 **사**　　반드시 **필**　　물을 **문**

疑思必問(의사필문) : 의심난 것은 반드시 물어보기를 생각하고

忿　思　必　難

성낼 **분**　　생각 **사**　　반드시 **필**　　어려울 **난**

忿思必難(분사필난) : 분할 때에는 반드시 어려워질 것을 생각하고

`亠宁言言言	부수: 言	총획: 7	口田田思思	부수: 心	총획: 9
言			思		
`ソ必必必	부수: 心	총획: 5	丨口口中忠忠	부수: 心	총획: 8
必			忠		

一コ写写事	부수: 亅	총획: 8	口田田思思	부수: 心	총획: 9
事			思		
`ソ必必必	부수: 心	총획: 5	艹芍苟敬敬	부수: 攵(攴)	총획: 13
必			敬		

匕矣矣疑疑	부수: 疋	총획: 14	口田田思思	부수: 心	총획: 9
疑			思		
`ソ必必必	부수: 心	총획: 5	丨门門門門問	부수: 口	총획: 11
必			問		

八分分忿忿	부수: 心	총획: 8	口田田思思	부수: 心	총획: 9
忿			思		
`ソ必必必	부수: 心	총획: 5	艹茣茣嶤難難	부수: 隹	총획: 19
必			難		

見 得 思 義

볼 **견**　　　얻을 **득**　　　생각 **사**　　　옳을 **의**

✏ **見得思義**(견득사의) : 이득을 보면 의로운가를 생각하여야 하는 것이니

是 謂 九 思

이 **시** ★　　　이를 **위**　　　아홉 **구**　　　생각 **사**

✏ **是謂九思**(시위구사) : 이를 구사(九思)라 이른다.

足 容 必 重

발 **족**　　　모양 **용**　　　반드시 **필**　　　무거울 **중**

✏ **足容必重**(족용필중) : 발의 모양은 반드시 신중하게 하고

手 容 必 恭

손 **수**　　　모양 **용**　　　반드시 **필**　　　공손할 **공**

✏ **手容必恭**(수용필공) : 손의 모양은 반드시 공손하며

★ 是 : 옳을 시

丨冂冂目貝見	부수: 見	총획: 7		⟋彳徂徂得得	부수: 彳	총획: 11
見				得		

日田田思思	부수: 心	총획: 9		ᐟᐟᐟ羊羊義	부수: 羊(羊)	총획: 13
思				義		

丨冂日早昰是	부수: 日	총획: 9		言言訶訶謂謂	부수: 言	총획: 16
是				謂		

ノ九	부수: 乙	총획: 2		日田田思思	부수: 心	총획: 9
九				思		

丨冂口尸足足	부수: 足	총획: 7		⟋宀宀容容	부수: 宀	총획: 10
足				容		

⟋ソ必必必	부수: 心	총획: 5		⟋宀台台重重	부수: 里	총획: 9
必				重		

⟋二三手	부수: 手	총획: 4		⟋宀宀容容	부수: 宀	총획: 10
手				容		

⟋ソ必必必	부수: 心	총획: 5		艹共共恭恭	부수: 小(心)	총획: 10
必				恭		

目	容	必	端
눈 **목**	모양 **용**	반드시 **필**	단정할 **단**

 目容必端(목용필단) : 눈의 모양은 반드시 단정하게 하고

口	容	必	止
입 **구**	모양 **용**	반드시 **필**	그칠 **지**

 口容必止(구용필지) : 입의 모양은 반드시 다물어야 하며

聲	容	必	靜
소리 **성**	모양 **용**	반드시 **필**	고요할 **정**

 聲容必靜(성용필정) : 소리의 모양은 반드시 조용하게 하고

頭	容	必	直
머리 **두**	모양 **용**	반드시 **필**	곧을 **직**

頭容必直(두용필직) : 머리의 모양은 반드시 바르게 하며

1 П Л Л 目	부수: 目	총획: 5	' 宀 宀 宍 容	부수: 宀	총획: 10
目			容		

' ソ 义 必 必	부수: 心	총획: 5	' 立 训 耑 端	부수: 立	총획: 14
必			端		

1 П 口	부수: 口	총획: 3	' 宀 宀 宍 容	부수: 宀	총획: 10
口			容		

' ソ 义 必 必	부수: 心	총획: 5	1 卜 止 止	부수: 止	총획: 4
必			止		

一 士 声 声 殸 聲	부수: 耳	총획: 17	' 宀 宀 宍 容	부수: 宀	총획: 10
聲			容		

' ソ 义 必 必	부수: 心	총획: 5	二 青 青 靜 靜 靜	부수: 青	총획: 16
必			靜		

1 口 豆 豆 頭 頭	부수: 頁	총획: 16	' 宀 宀 宍 容	부수: 宀	총획: 10
頭			容		

' ソ 义 必 必	부수: 心	총획: 5	一 十 十 市 直 直	부수: 目	총획: 8
必			直		

氣　容　必　肅

기운 **기**　　모양 **용**　　반드시 **필**　　엄숙할 **숙**

氣容必肅(기용필숙) : 기색의 모습은 반드시 엄숙하게 하고

立　容　必　德

설 **립**　　모양 **용**　　반드시 **필**　　덕 **덕**

立容必德(입용필덕) : 서있는 모습은 반드시 덕이 있게 하며

色　容　必　莊

빛 **색**　　얼굴 **용**　　반드시 **필**　　바를 **장** ★

色容必莊(색용필장) : 얼굴빛의 모습은 반드시 바르게 하여야 할 것이니

是　謂　九　容

이 **시** ★　　이를 **위**　　아홉 **구**　　모양 **용**

是謂九容(시위구용) : 이것을 구용(九容)이라 이른다.

★ 莊: 씩씩할 장　是: 옳을 시

	부수: 气	총획: 10		부수: 宀	총획: 10
ノ 广 气 气 氧 氣			宀 宁 宓 容		
氣			容		

	부수: 心	총획: 5		부수: 聿	총획: 13
丶 ソ 必 必 必			ヨ 尹 尹 肃 肃 肅 肅		
必			肅		

	부수: 立	총획: 5		부수: 宀	총획: 10
丶 二 ヴ 立 立			宀 宁 宓 容		
立			容		

	부수: 心	총획: 5		부수: 彳	총획: 15
丶 ソ 必 必 必			ノ 彳 彳 德 德 德		
必			德		

	부수: 色	총획: 6		부수: 宀	총획: 10
ノ ク ケ 名 名 色			宀 宁 宓 容		
色			容		

	부수: 心	총획: 5		부수: 艹(艸)	총획: 11
丶 ソ 必 必 必			一 艹 艹 莊 莊 莊		
必			莊		

	부수: 日	총획: 9		부수: 言	총획: 16
丨 冂 日 旦 昇 是			丶 言 訂 詗 謂 謂		
是			謂		

	부수: 乙	총획: 2		부수: 宀	총획: 10
ノ 九			宀 宁 宓 容		
九			容		

言 行 相 違

말씀 **언**　　행할 **행**　　서로 **상**　　어긋날 **위**

言行相違(언행상위) : 말과 행실이 서로 어긋나게 되면

辱 及 于 先

욕 **욕**　　미칠 **급**　　어조사 **우**　　먼저 **선**

辱及于先(욕급우선) : 욕이 선조에 미치게 되고

不 履 言 約

아니 **불**　　행할 **리** *　　말씀 **언**　　맺을 **약**

不履言約(불리언약) : 언약한 바를 이행하지 않으면

辱 及 于 身

욕 **욕**　　미칠 **급**　　어조사 **우**　　몸 **신**

辱及于身(욕급우신) : 욕이 자신에게 미치게 된다.

* 履: 신/밟을 리

`丶亠言言言`	부수: 言	총획: 7	`彳彳彳行行`	부수: 行	총획: 6
言			行		

`一十木机相相`	부수: 目	총획: 9	`一ㄊ査査韋達`	부수: 辶(辵)	총획: 13
相			達		

`一厂尸戶辰辱辱`	부수: 辰	총획: 10	`丿乃乃及`	부수: 又	총획: 4
辱			及		

`一二于`	부수: 二	총획: 3	`丿丄牛生先先`	부수: 儿	총획: 6
于			先		

`一ㄱ才不`	부수: 一	총획: 4	`一尸尸尸屛屛履`	부수: 尸	총획: 15
不			履		

`丶亠言言言`	부수: 言	총획: 7	`幺幺糸糸約約`	부수: 糸	총획: 9
言			約		

`一厂尸戶辰辱辱`	부수: 辰	총획: 10	`丿乃乃及`	부수: 又	총획: 4
辱			及		

`一二于`	부수: 二	총획: 3	`丿彳自自身`	부수: 身	총획: 7
于			身		

鷄	鳴	而	起
닭 **계**	울 **명**	말 이을 **이**	일어날 **기**

鷄鳴而起(계명이기) : 닭이 울면 일어나서

必	盥	必	漱
반드시 **필**	씻을 **관** ★	반드시 **필**	양치할 **수**

必盥必漱(필관필수) : 반드시 세수하고 반드시 양치질하며

居	必	擇	隣
살 **거**	반드시 **필**	가릴 **택**	이웃 **린**

居必擇隣(거필택린) : 거처는 반드시 이웃을 가려서 하고

就	必	有	德
나아갈 **취**	반드시 **필**	있을 **유**	덕 **덕**

就必有德(취필유덕) : 나아가거든 반드시 덕 있는 이를 따라야 한다.

★ 盥: 대야 관

	부수: 鳥	총획: 21		부수: 鳥	총획: 14
鷄			鳴		

	부수: 而	총획: 6		부수: 走	총획: 10
而			起		

	부수: 心	총획: 5		부수: 皿	총획: 16
必			盟		

	부수: 心	총획: 5		부수: 氵(水)	총획: 14
必			漱		

	부수: 尸	총획: 8		부수: 心	총획: 5
居			必		

	부수: 扌(手)	총획: 16		부수: 阝(阜)	총획: 15
擇			隣		

	부수: 尢	총획: 12		부수: 心	총획: 5
就			必		

	부수: 月	총획: 6		부수: 彳	총획: 15
有			德		

德 業 相 勸

덕 **덕**   일 **업**   서로 **상**   권할 **권**

德業相勸(덕업상권) : 좋은 일은 서로 권하고

過 失 相 規

허물 **과** ★   잃을 **실**   서로 **상**   법 **규**

過失相規(과실상규) : 과실은 서로 바로잡을 것이며

禮 俗 相 交

예도 **례**   풍속 **속**   서로 **상**   사귈 **교**

禮俗相交(예속상교) : 예도있는 풍속으로 서로 사귀고

患 難 相 恤

근심 **환**   어려울 **난**   서로 **상**   구휼할 **휼**

患難相恤(환난상휼) : 환난을 서로 구제하여야 한다.

★ 過: 지날 과

´ ㄔ ㄔ 徳 徳 德	부수: 彳	총획: 15	ﾞ ㅛ ㅛ 丵 業 業	부수: 木	총획: 13
德			業		

一 十 オ 村 和 相	부수: 目	총획: 9	´ ㄐ ㅄ 萑 藋 勸	부수: 力	총획: 20
相			勸		

ㅣ 冂 円 丹 咼 過	부수: 辶(辵)	총획: 13	´ ㄣ 生 失	부수: 大	총획: 5
過			失		

一 十 オ 村 和 相	부수: 目	총획: 9	ㅡ 夫 夫 珇 規 規	부수: 見	총획: 11
相			規		

干 禾 利 和 禮 禮 禮	부수: 示	총획: 18	ㄥ ㄏ 伀 伀 俗 俗	부수: 亻(人)	총획: 9
禮			俗		

一 十 オ 村 和 相	부수: 目	총획: 9	` ㅗ 六 亣 交	부수: 亠	총획: 6
相			交		

` ㅁ 吕 串 患 患	부수: 心	총획: 11	ㅛ 莒 蓳 蕇 難 難	부수: 隹	총획: 19
患			難		

一 十 オ 村 和 相	부수: 目	총획: 9	ㆍ ㄐ ㅄ 怑 怕 恓	부수: 忄(心)	총획: 9
相			恓		

貧 窮 患 難

가난할 **빈**   궁할 **궁** ★   근심 **환**   어려울 **난**

✏️ 貧窮患難(빈궁환난) : 가난하거나 환난을 만났을 때에는

親 戚 相 救

친할 **친**   겨레 **척**   서로 **상**   구원할 **구**

✏️ 親戚相救(친척상구) : 친척들이 서로 구원하여야 하며

婚 姻 死 喪

혼인할 **혼**   혼인 **인**   죽을 **사**   초상 **상** ★

✏️ 婚姻死喪(혼인사상) : 혼인이나 초상을 만났을 때에는

隣 保 相 助

이웃 **린**   보호할 **보**   서로 **상**   도울 **조**

✏️ 隣保相助(인보상조) : 이웃들이 서로 도와야 한다.

★ 窮 : 다할 궁   喪 : 잃을 상

⺍八分谷貧貧	부수: 貝	총획: 11	宀宀宊宊窮窮	부수: 穴	총획: 15
貧			窮		

丶口吕串患患	부수: 心	총획: 11	艹堇菓艱難難	부수: 隹	총획: 19
患			難		

立辛亲親親親	부수: 見	총획: 16	厂厂斤底戚戚戚	부수: 戈	총획: 11
親			戚		

一十木机相相	부수: 目	총획: 9	扌求求救救	부수: 攵(攴)	총획: 11
相			救		

乚女妖婚婚	부수: 女	총획: 11	夕女如如姻姻	부수: 女	총획: 9
婚			姻		

一厂歹歹死	부수: 歹	총획: 6	十㔾㕾䘮喪喪	부수: 口	총획: 12
死			喪		

阝阝阝阩隣隣隣	부수: 阝(阜)	총획: 15	亻亻伲伲保保	부수: 亻(人)	총획: 9
隣			保		

一十木机相相	부수: 目	총획: 9	丨冂月月町助	부수: 力	총획: 7
相			助		

終 身 讓 畔

마칠 **종**　　몸 **신**　　양보할 **양**　　밭두둑 **반**

終身讓畔(종신양반) : 평생토록 밭두둑을 양보하더라도

不 失 一 段

아니 **불**　　잃을 **실**　　한 **일**　　조각 **단** ★

不失一段(부실일단) : 한 떼기도 잃지 않을 것이며

終 身 讓 路

마칠 **종**　　몸 **신**　　양보할 **양**　　길 **로**

終身讓路(종신양로) : 한평생 길을 양보하더라도

不 枉 百 步

아니 **불**　　굽힐 **왕**　　일백 **백**　　걸음 **보**

不枉百步(불왕백보) : 백 걸음도 굽히지 않을 것이다. (너무 인색하게 살지 말아라.)

★ 段 : 층계/구분 단

ㄥ 幺 糸 糸 約 終 終	부수: 糸	총획: 11	´ ´ ´ ´ 自 身 身	부수: 身	총획: 7
終			身		

言 諄 諄 諄 讓 讓 讓	부수: 言	총획: 24	口 田 田 田 畔	부수: 田	총획: 10
讓			畔		

ㄧ ㄱ ㄕ 不	부수: 一	총획: 4	´ ㄴ 生 失	부수: 大	총획: 5
不			失		

一	부수: 一	총획: 1	厂 F 手 趴 趴 段	부수: 殳	총획: 9
一			段		

ㄥ 幺 糸 糸 約 終 終	부수: 糸	총획: 11	´ ´ ´ ´ 自 身 身	부수: 身	총획: 7
終			身		

言 諄 諄 諄 讓 讓 讓	부수: 言	총획: 24	` 口 趴 趴 政 路	부수: 足(足)	총획: 13
讓			路		

ㄧ ㄱ ㄕ 不	부수: 一	총획: 4	十 木 朴 朴 柱	부수: 木	총획: 8
不			柱		

ㄧ ㄱ ㄓ 万 百 百	부수: 白	총획: 6	止 步 步 步 步	부수: 止	총획: 7
百			步		

積 善 之 家

쌓을 **적**　　착할 **선**　　어조사 **지** ★　　집 **가**

🖊 積善之家(적선지가) : 선을 쌓은 집안에는

必 有 餘 慶

반드시 **필**　　있을 **유**　　남을 **여**　　경사 **경**

🖊 必有餘慶(필유여경) : 반드시 남는 경사가 있고

積 惡 之 家

쌓을 **적**　　악할 **악**　　어조사 **지** ★　　집 **가**

🖊 積惡之家(적악지가) : 악을 쌓은 집안에는

必 有 餘 殃

반드시 **필**　　있을 **유**　　남을 **여**　　재앙 **앙**

🖊 必有餘殃(필유여앙) : 반드시 남는 재앙이 있을 것이다.

★ *之* : 갈 지

二 禾 私 秸 積 積 부수: 禾 총획: 16			丷 羊 圭 盖 善 부수: 口 총획: 12		
積			善		
丶 亠 ヶ 之 부수: 丿 총획: 4			宀 宀 宇 家 家 부수: 宀 총획: 10		
之			家		
丶 ソ 必 必 必 부수: 心 총획: 5			丿 ナ 才 有 有 有 부수: 月 총획: 6		
必			有		
人 合 倉 飠 飫 餘 부수: 食(食) 총획: 16			亠 广 庐 庐 應 慶 부수: 心 총획: 15		
餘			慶		
二 禾 私 秸 積 積 부수: 禾 총획: 16			一 亞 亞 亞 惡 惡 부수: 心 총획: 12		
積			惡		
丶 亠 ヶ 之 부수: 丿 총획: 4			宀 宀 宇 家 家 부수: 宀 총획: 10		
之			家		
丶 ソ 必 必 必 부수: 心 총획: 5			丿 ナ 才 有 有 有 부수: 月 총획: 6		
必			有		
人 合 倉 飠 飫 餘 부수: 食(食) 총획: 16			歹 歹 殃 殆 殃 부수: 歹 총획: 9		
餘			殃		

제7장. 치국·위민편
治國·爲民篇

자신을 올바르게 하고

집안을 가지런히 하는 것은

나라를 다스리는 근본이다

修 身 齊 家

닦을 **수**　　　몸 **신**　　　가지런할 **제**　　　집 **가**

修身齊家(수신제가) : 자신을 올바르게 하고 집안을 가지런히 하는 것은

治 國 之 本

다스릴 **치**　　　나라 **국**　　　어조사 **지** ★　　　근본 **본**

治國之本(치국지본) : 나라를 다스리는 근본이다.

士 農 工 商

선비 **사**　　　농사 **농**　　　장인 **공**　　　장사 **상**

士農工商(사농공상) : 선비와 농부와 장인과 상인은

是 謂 四 民

이 **시** ★　　　이를 **위**　　　넉 **사**　　　백성 **민**

是爲四民(시위사민) : 이를 사민(四民)이라 이른다.

★ 之: 갈 지　　是: 옳을 시

亻亻亻伮伮修修	부수: 亻(人)	총획: 10	丿丿丬自身身	부수: 身	총획: 7
修			身		

亠亠亠斉斉斉齊齊	부수: 齊	총획: 14	丶宀宀家家	부수: 宀	총획: 10
齊			家		

丶丶丬汁沿治	부수: 氵(水)	총획: 8	丨冂同國國國	부수: 囗	총획: 11
治			國		

丶丷之	부수: 丿	총획: 4	一十才木本	부수: 木	총획: 5
之			本		

一十士	부수: 士	총획: 3	口曲曲農農農農	부수: 辰	총획: 13
士			農		

一丅工	부수: 工	총획: 3	丶宀卞商商商	부수: 口	총획: 11
工			商		

丨口日早昰是	부수: 日	총획: 9	言言訮訮謂謂	부수: 言	총획: 16
是			謂		

丨冂四四四	부수: 口	총획: 5	冖冖尸足民	부수: 氏	총획: 5
四			民		

鰥 寡 孤 獨

홀아비 **환**　　과부 **과** ★　　외로울 **고**　　홀로 **독**

🖋 **鰥寡孤獨**(환과고독) : 홀아비와 과부와 고아와 자식 없는 늙은이는

謂 之 四 窮

이를 **위**　　어조사 **지** ★　　넉 **사**　　궁할 **궁** ★

🖋 **謂之四窮**(위지사궁) : 이를 사궁(四窮: 네 가지의 곤궁한 사람)이라 이르며

發 政 施 仁

필 **발**　　정사 **정**　　베풀 **시**　　어질 **인**

🖋 **發政施仁**(발정시인) : 선정(善政)을 펴고 인심(仁心)을 베풂은

先 施 四 者

먼저 **선**　　베풀 **시**　　넉 **사**　　놈 **자**

🖋 **先施四者**(선시사자) : 먼저 사궁(四窮)에게 베풀어야 한다.

★ 寡: 적을 과　 之: 갈 지　 窮: 다할 궁

				부수: 魚	총획: 21
鰥					

각 角 鮪 鮪 鮪 鯤 鰥

				부수: 子	총획: 8
孤					

了 子 孖 孙 孤 孤

				부수: 言	총획: 16
謂					

言 言 謂 謂 謂 謂

				부수: 口	총획: 5
四					

丨 冂 四 四 四

				부수: 癶	총획: 12
發					

フ ヲ 癶 癶 發 發

				부수: 方	총획: 9
施					

亠 方 方 斿 施 施

				부수: 儿	총획: 6
先					

丿 ⺊ ⺧ 生 先 先

				부수: 口	총획: 5
四					

丨 冂 四 四 四

				부수: 宀	총획: 14
寡					

宀 宀 宝 宦 寡 寡

				부수: 犭(犬)	총획: 16
獨					

丿 犭 犭 狎 獨

				부수: 丿	총획: 4
之					

丶 亠 ㇉ 之

				부수: 穴	총획: 15
窮					

宀 宀 穷 穷 窮 窮

				부수: 攵(攴)	총획: 9
政					

一 T 正 正 政 政

				부수: 亻(人)	총획: 4
仁					

亻 亻 仁

				부수: 方	총획: 9
施					

亠 方 方 斿 施 施

				부수: 耂(老)	총획: 9
者					

十 土 耂 耂 者 者

열 **십**   집 **실**   어조사 **지** *   마을 **읍**

✏️ **十室之邑**(십실지읍) : 열 집밖에 안 되는 작은 마을에도

반드시 **필**   있을 **유**   충성 **충**   믿을 **신**

✏️ **必有忠信**(필유충신) : 반드시 마음을 다하고 진실한 사람이 있는 것이다.

사람 **인**   아니 **불**   충성 **충**   믿을 **신**

✏️ **人不忠信**(인불충신) : 사람으로서 마음을 다하고 진실하지 않다면

어찌 **하**   이를 **위**   사람 **인**   어조사 **호**

✏️ **何謂人乎**(하위인호) : 어찌 사람이라 할 수 있으리오.

* 之: 갈 지

一十	부수: 十	총획: 2		`宀宀宇室	부수: 宀	총획: 9
十				室		

`亠之之	부수: ノ	총획: 4		丨口口吕邑邑	부수: 邑	총획: 7
之				邑		

`ソ必必必	부수: 心	총획: 5		ノナオ冇有有	부수: 月	총획: 6
必				有		

丨口口中忠忠	부수: 心	총획: 8		亻亻广信信信	부수: 亻(人)	총획: 9
忠				信		

ノ人	부수: 人	총획: 2		一フォ不	부수: 一	총획: 4
人				不		

丨口口中忠忠	부수: 心	총획: 8		亻亻广信信信	부수: 亻(人)	총획: 9
忠				信		

亻亻仁何何何	부수: 亻(人)	총획: 7		亠言訓謂謂謂	부수: 言	총획: 16
何				謂		

ノ人	부수: 人	총획: 2		一厂乎乎乎	부수: ノ	총획: 5
人				乎		

非	我	言	耄
아닐 **비**	나 **아**	말씀 **언**	늙은이 **모**

✎ 非我言耄(비아언모) : 내 말은 늙은이의 잔소리가 아니라

惟	聖	之	謨
오직 **유**	성인 **성**	어조사 **지** ★	꾀 **모**

✎ 惟聖之謨(유성지모) : 오직 성인의 가르침이다.

嗟	嗟	後	學
탄식할 **차**	탄식할 **차**	뒤 **후**	배울 **학**

✎ 嗟嗟後學(차차후학) : 아! 아! 후학들이여!

敬	受	此	書
공경할 **경**	받을 **수**	이 **차**	글 **서**

✎ 敬受此書(경수차서) : 공경히 이 책을 받아들여야 한다.

★ 之: 갈 지

ノ ナ ヺ 非 非 부수: 非 총획: 8		一 二 千 手 我 我 부수: 戈 총획: 7
非		我
`ニ 亠 言 言 부수: 言 총획: 7		亠 少 老 老 耄 耄 부수: 老 총획: 10
言		耄
⺖ 忄 忄 忙 忤 惟 부수: 忄(心) 총획: 11		丨 耳 耵 耵 聖 聖 부수: 耳 총획: 13
惟		聖
`ニ 亠 之 부수: ノ 총획: 4		言 言 訂 誮 謹 謨 부수: 言 총획: 18
之		謨
口 吖 哗 嗟 嗟 嗟 부수: 口 총획: 13		口 吖 哗 嗟 嗟 嗟 부수: 口 총획: 13
嗟		嗟
ノ 彳 彳 彳 後 後 부수: 彳 총획: 9		臼 臼 闁 興 學 부수: 子 총획: 16
後		學
艹 芍 苟 敬 敬 부수: 攵(攴) 총획: 13		爫 采 受 受 부수: 又 총획: 8
敬		受
卜 止 止 此 부수: 止 총획: 6		丁 聿 書 書 書 부수: 日 총획: 10
此		書